御曹司は空白の５年分も溺愛したい

〜結婚を目前に元彼に攫われました〜

ルネッタブックス

CONTENTS

Lunetta

1

休日の夜、結城陽菜《ゆうきはるな》は自分で活けた花をリビングのサイドボードの上に飾り、しばらく眺めていた。初夏にふさわしくガラスの花瓶を選び、黄色のグロリオサと白いカラーを合わせた。リキュウソウを多めにあしらったので、グリーンが涼しげだ。

出来栄えに満足して浮かべていた笑みが、徐々に消えていく。代わりに眉間にしわが寄った。

もう自分で決めたことじゃないの。

そう言い聞かせても、表情を変えられない。そのまま気持ちが沈んでいきそうで、外の空気でも吸って気分転換をしようと、陽菜はサコッシュにスマートフォンと財布だけを突っ込んで、玄関へ向かった。

叔母とふたり暮らしのマンションを出て、コンビニを目指す。遠くに見える高層ビルに、あそこからの夜景は絶景だろうなと考える。

そう言えば、気球からラベンダー畑を見たことがあったな。

甘い思い出が蘇《よみがえ》ってきそうになって、それを打ち消すように頭を振る。

叔母の帰宅は遅くなるだろう。経営する日本料理店は定休日だが、店で新しいメニューを試作すると言っていた。

大変だな、叔母さんも。だからこそ、私もできるだけのことをしなきゃ。

叔母の鳥羽恵《とばめぐみ》は、陽菜が幼いころに亡くなった母の妹だ。高いところが好きな陽菜のために軽飛行機の免許を取ろうとしていた父も病没してからは、叔母が保護者となって自宅に引き取ってくれた。

結婚より仕事だとバリバリ働く一方、親身に陽菜の世話を焼き、教育にも熱心だった。叔母がいなかったら、今の自分はなかっただろう。

叔母の店の業績が下がり出したのは、陽菜が大学二年のころだった。今度は自分が叔母を助ける番だと、いや、少しでも協力したいと、陽菜は反対する叔母を説き伏せて店を手伝うと決めた。

大学を卒業して二年余り――叔母の努力の甲斐《かい》なく、業績回復の兆しは見えない。

そんな中で、常連客の会社社長から自分の息子と陽菜との縁談が持ち込まれた。父子で一緒に来店した際に、陽菜を見染めたらしい。陽菜はその息子の顔も憶えていないが、かなり裕福なようで、話がまとまれば叔母の店に積極的に融資したいと匂わせてもいたという。叔母はその話を陽菜に伝えなかったが、居合わせた従業員が教えてくれた。

『気にしなくていいからね。身売りなんていつの時代の話よ？』

叔母はそう言ったけれど、陽菜にはそれが店を存続させる唯一の手段だと思えた。

だって……叔母さんがどれほどお店を大事にしてきたか知ってるもの。

同時に、陽菜のことも慈しんでくれた。一時、叔母には結婚を視野に入れた相手がいたが、陽菜の存在がネックになった。相手は端的に言って陽菜がじゃまで、自分の身内にも反対されたようだ。その相手に、叔母は実にあっさりと決別を告げた。

いや、気丈に見せていただけで、本当は悩み苦しんだのかもしれない。だとしたら、陽菜は叔母の幸せを奪ってしまったのだ。取り返しがつかない。だからもう陽菜は、叔母になにも失わせたくない。自分が結婚することで店が安泰になるなら、呑《の》まないという選択肢はなかった。

そう言う陽菜を最初は相手にしようとせず、次に渋い顔を見せる叔母に、とにかくまずは会う段取りだけでもつけてほしいと頼み込んだのが、先週の話だ。

住宅街を大通りに向かって歩いていく。ぽつりぽつりと街灯が灯るだけで人通りもないが、いつも通る道なので気にならなかった。

嫌なわけじゃないのよ。ないんだけど……。

自分が結婚する――それが現実的になったとたん、五年も前のことをやたらと思い出してしまう。一度思い出すと次から次へと、一緒に過ごした日々が蘇ってくる。

もう、終わったことなのに――。

都内の女子大に入学した陽菜は、フラワーコーディネーターという将来の夢に少しでも近づくべく、アルバイトをしながらフラワーアレンジメントの教室に通っていた。

もともと大学進学はしないつもりだった。両親亡き今、叔母に養ってもらっている身では一日も早く自立するべきで、働きながらフラワーコーディネーターの専門学校で学ぼうと考えていたのだ。

しかし叔母は、陽菜の話を聞いた上で首を横に振った。

『お父さんは、陽菜に大学へ行ってほしいって言ってたでしょ。保険金は学費にしてほしいって。親の最後の願いくらい聞きなさい。夢を持つのも大切なことだけど、人生は長いんだから、ちょっとくらい遠回りしたっていいでしょ』

大学生活を送るうちに考えが変わったり、他に夢を見つけるかもしれない――いろいろと説得されて、陽菜もしまいには同意した。

進学した以上は勉強もおろそかにできないと真面目に取り組み、空いた時間にはカフェでアルバイトをして、その給料で近くのフラワーアレンジメント教室に通っている。自分なりに充実した学生生活を送っていると思っていた。

しかし、青春を謳歌《おうか》する学生を体現したような男女混合の六、七人ぐらいのグループが、しばしばアルバイト先のカフェに訪れていた。近隣には複数の大学があり、学生の客が多く、彼らもサークル仲間のようだった。

華やかなグループの中でもひときわ目立つ男子学生がいて、常に会話の中心になる。まとめ役でもあるようだが、なんのサークルなのだろうと陽菜は常々思っていた。

あるとき、その彼がタブレットを開いて、『次の行き先はここ』と指をさした。ちょうどドリンクをサーブしようとしていた陽菜は、つい画面に目を落とした。そこには一面の青い花畑が広がっていた。ネモフィラだ。

『興味ある？』

画面に見入っていた陽菜は、声をかけられてはっとした。ぶしつけに覗《のぞ》いていたことを慌てて謝ったが、彼は鷹揚《おうよう》にかぶりを振って微笑《ほほえ》みかけてきた。

『よかったら参加しない？　他大の学生でも大歓迎だから——っと、大学生だよね？』

聞けば、というか彼のほうから語ったところによると、いわゆるお散歩サークルというやつらしい。近隣を徒歩で回ることもあれば、電車やバスを乗り継いだり、レンタカーを借りての遠出や、海外に行くこともあるという。充実してはいるがはっきり言って地味な学生生活を送る自分が、そんな華やかなサークルに入れるだろうか。

お試しでもいいからという言葉とネモフィラに誘われて、陽菜は彼——太刀川大智《たちかわだいち》と連絡先を交換した。

ネモフィラ畑が絶景だったからか、大智を含めて親しみやすいメンバーが多かったからか、陽菜はその後正式にサークルに入会した。もっともアルバイトや教室を優先していたから、参加できたのは活動の半分にも満たなかったと思う。後から聞いたことだが、大智は陽菜が花好きだと知って、花の名所を頻繁にコースに選び、参加を促していたという。

陽菜がフラワーコーディネーターという夢を目指して教室に通い、その受講料のためにアルバイトをしていると知ると、大智は驚いていた。陽菜が通う女子大は、付属からの生え抜き組はいわゆるお嬢さまが多く、世間のイメージもそんな感じだったから、苦学生めいた生活を送っているのが意外だったのだろう。

それまでの交流で、大智に対して陽菜は初めて異性を意識し始めていたので、これで彼に距離を置かれてしまうかと思ったが、それはそれでしかたがないことだ。大智の実家は裕福らしく、アルバイトもしていない。学生同士でも行動をともにできるつり合いというものがあるのだ。

『夢があって、それに向かって努力してるってすごいな。尊敬する』

しかし思いがけない言葉が返ってきて、今度は陽菜が驚き、そして狼狽《うろた》えた。すべてにおいてハイスペックでプライドも高そうな彼に、まさかストレートに褒められるとは思わなかった。

だけど、大智は目的のために努力し、プライドもその結果に裏打ちされたもので、他人のいいところは素直に認める人間だとわかってきて、富裕層の彼との間に勝手に線を引きそうになっていた自分を叱咤《しった》した。

楽しく過ごすうちに大智との距離も近づいて、告白を自然に受け入れた。まさか彼が自分を選ぶなんてと戸惑いつつも嬉《うれ》しく、恋人として隣を歩くだけでも胸が弾んだ。見るものすべてが輝いて見える、という言葉を実感した。

夢を目指す陽菜を褒めてくれた言葉は嘘ではなく、大智は陽菜に感化されたと言って自分もアルバイトを始めた。初めての給料でプレゼントしてくれた花束は、グラデーションピンクのバラだった。

叔母にはサークル旅行と偽って夏休みにふたりきりで北海道《ほっかいどう》へ行き、気球に乗せてもらってラベンダー畑を見下ろしたときの感激は忘れられない。大智からのサプライズプレゼントだった。

喜ぶ陽菜に『高いところからの景色が好きなんだよな？　今度はホテルから夜景を見せてあげるよ』と約束してくれた。

大智が陽菜にしてくれることは、嬉しいことばかりだった。望みながらも現実的でないと諦めていたり、陽菜自身望んでいると気づかなくて、してもらって「これだ」と思ったり。

そしてそんな陽菜を見つめる大智の表情が、またたまらなく好きだった。ときに得意げだったり、ときに陽菜以上に嬉しそうだったり。陽菜のことを見て考えてくれているからこその贈り物の数々だと思うと、愛される幸せを感じた。

しかしその一方で、大智からのプレゼントに見合ったものを返せない自分が気になってしまい、素直に喜べないこともあった。きっと大智はそんなことを気にとめていないし、お返しを期待してもいないとわかっていても、申しわけないような情けないような複雑な気持ちだった。

出会ったとき、大智は経営学部の四年生だったが就職せずに院に進み、研究室とアルバイト、サークルにも顔を出すという時間的に余裕のある生活をしていた。一方の陽菜は変わらず将来の夢を目指して、空き時間の少ない毎日を過ごしていた。陽菜が二年生になったころから叔母の店の業績が下がり始め、従業員を整理したと聞いたので、できるだけ手伝いに行くようになった。

そんな状況だったので、デートはずいぶん減った。そのデート中、大智から夏休みに旅行しようと誘われた。

『うーん、でも旅費を捻出する余裕はないかな……』

正直なところ、よけいな出費は少しでも減らしたい。大智は当たり前のようにハイグレードなプランを出してくるのだ。特に今回提案されたのは、新婚旅行先としても人気の高い、海外のロマンチックなリゾート地だった。

『金の心配なんてするなよ、俺が出すって。なんなら俺のバイト代を教室の月謝に充《あ》てればいいって、前に言ったじゃないか。べつに俺は必要じゃないんだからさ。それより俺、そこで陽菜に伝えたいことが――』

その言葉に、陽菜はいつになく苛立ちを覚えた。こともなげに言う大智は金銭的な苦労などしたことがなくて、それは大智自身に非があるわけでもなく、陽菜のやっかみでしかない。わかっていながら、それ以上彼の語る呑気な旅行プランを聞く気になれなかった。

『大智だってそろそろ就職活動を始めるんじゃないの?』

大智はふっと視線を逸らして、『就職先は決まってるよ。親の会社だ』と呟《つぶや》いた。

『生まれたときからそう決まってる』

世の中にはそういう立場の人間もいるだろう。それを否定はしないが、大智の態度はどこか投げやりに見えて、違う、と陽菜は思った。たとえ敷かれたレールに乗るとしても、前向きな意思は必要だ。

『なんの努力もしないで親の会社を継げばいいと思ってるの？　しかも気乗りしなさそうに。そんな社長を担《かつ》がなきゃならない社員が気の毒だよ。会社を継いでどうするかとか、考えてるの？　稼ぐとかお金のありがたみとか、わかってる？　だいたい夢を持ったことあるの？　私、そういう人とずっとつきあっていけるか自信ない』

ついカッとなって、口から出るに任せて捲《まく》し立てた。目標のために努力をするタイプの彼が、就職に関しては諦めきっているのが情けなく思えたのも本当だが、自分のままならない人生の八つ当たりをしてしまったことは否めない。そこまで思っていなかったことまで口にしてしまったと我に返ったときには、大智は睨《にら》みつけるように陽菜を見ていた。

『……わかったよ。じゃあ俺は、自分で金を稼げるようになるから。それなら満足なんだろ』

大智は席を立つと、振り返りもせずにコーヒーショップを出ていった。

完全に終わったと思った。すべてが本心ではないし、言いすぎた、失言だったと思うこともあるが、大智の姿勢に納得できないのもたしかだった。だけど、彼には彼の事情があるのかもしれない。敷かれたレールから外れることが許されない家もあるのだろう。それを聞かずに一方的に責めてしまった。

大智はきっと陽菜を許さないだろう。いわゆるカースト上位で順風満帆に進んできた大智は、それなりにプライドも高い。苦学生もどきの陽菜にあそこまで言われて、関係が続くとは考えられなかった。実際、カフェを去るときの裏切者を見るようなきつい眼差《まなざ》しは、直前まで恋人同士だったとは思えなかった。

どうやって帰宅したのかも憶えていないくらい、突然の破局は陽菜を打ちのめした。自分の言ったことが引鉄《ひきがね》だったにもかかわらず。

しょせん住む世界が違ったのだ。価値観の違いは、いずれ遠からず亀裂を生じさせただろう。それが少し早まっただけ、陽菜自身で早めてしまっただけ――そんなふうに何度自分に言い聞かせたことか。

その後、何度か大智からSNSでのコンタクトや直接の電話があったが、陽菜は応えずにブロックした。怖かったのだ。自分は大智にひどいことを言ったくせに、彼からなにか言われたら悲しくて耐えられないと思った。別れ際のあんな顔で見られたらと思うと、会うのも怖い。変わらず大智のことが好きだったから――。

携帯番号を変えて、サークルも退会し、カフェのアルバイトも辞めてしまうと、陽菜と大智を繋《つな》ぐ糸は切れた。

気づけば歩みが止まっていて、陽菜は深く息をついた。

思い出したって、今さらどうなるものでもないのに……もう私のことなんて忘れちゃってるよね、きっと。

今さら消息を追うつもりもない。わかったところで、どうしようというのか。大智に合わせる顔がない。たいそうな口をきいておきながら、夢の実現にはほど遠く、顔も知らない相手と結婚しようとしている。

それに、あんな別れ方をした陽菜のことなど、大智のほうが洟《はな》も引っかけないだろう。親の会社でそれなりのポジションに就いて、彼につり合った女性と幸せに楽しく過ごしているに違いない。

……もう、いい加減にしないと。結婚するって自分で決めたんじゃない。

再び歩き出すと背後からヘッドライトに照らされ、陽菜は道の端に寄った。ハイブリッド車特有の静かな走行音は距離感が掴《つか》めず、ライトが前方を照らして暗がりに包まれたかと思うと、車が真横で音もなく停まった。

「え……？」

運転席のドアが開いて、素早く降り立った影が陽菜に歩み寄る。反射的に後ずさりながら注視すると、離れたところの街灯が照らす薄明かりに、半分影になった顔が浮かんだ。

「……大、智……？」

まさか、嘘だろう。どうしてここに大智がいるのか。彼のことを考えていたから、幻を見ているのだろうか。自分はそんなに大智に会いたかったのか。

混乱する陽菜の手首が、強く掴まれた。一瞬の脅えが、どっと溢《あふ》れ出す高揚に変わった。この感触を憶えている。この手しか知らない。

大智は言葉も出ない陽菜の手を引いて、車の助手席に乗せた。滑るように車が走り出す。車内にはごく小さなボリュームで古い洋楽が流れていた。

大通りに出てしばらく経ったところで、陽菜はようやく現状を把握した。自分はとうに通り過ぎたコンビニへ行くところだったのだ。それが突然現れた大智の車に乗っている。

「……な、なんなの？　どこへ行くの？」

開口一番の言葉がこれでいいのかどうか、わからない。まずは、久しぶりとか挨拶を交わすべきなのだろうか。

五年ぶりに見る大智はおとなっぽくなっていた。あのころもとうに成人していたが、学生と社会人ではやはり醸し出す雰囲気が違う。身を包んでいるのも高級そうなスーツで、すっきりと整えた髪といい、デキるビジネスマン然として落ち着きがあった。

さらに、生き生きとして見える。学生時代も常に人の輪の中心で、快活で人を惹きつける力があるいわゆるリア充《じゅう》だったが、それは彼の一面にすぎなかったのではないかと思うくらい、今の彼は内面からパワーのようなものを感じさせた。

つまるところ、陽菜の目には以前と変わらず、いや、それ以上に魅力的に映った。

それに引き換え、私ったら……。

陽菜は肩を狭めてサコッシュのストラップを握りしめた。ちょっとコンビニまでのつもりで出てきたから、七分袖のカットソーと裾を絞ったカーゴパンツにサンダルという軽装だ。大智と再会するなんて、夢にも思っていなかったから。

赤信号で停止すると、大智の視線が陽菜を捉えた。高鳴る心臓を隠すように胸を押さえる陽菜に、目を細める。

「陽菜を攫《さら》いに来た」

――え……？

なにを言われたのかわからない。いや、理解できなくて固まっている間に、車は動き出す。

攫うってなに？　大智が私を？　どこへ？

いくつもの疑問が頭の中を回り、しかし混乱するあまり言葉が組み立てられなくて、陽菜は呆《ぼう》然《ぜん》と大智を見つめていた。

そんな陽菜に苦笑しながら、大智は危なげなくハンドルを操る。

「別れた理由――俺がなんの努力もしないで、敷かれたレールに乗ろうとしてるってことだったよな？」

「そ、それは――」

「この五年で、誰にも頼らずに自立したつもりだ。もう断る理由はないよな？　俺を嫌いじゃないなら」

……どういう意味？

陽菜は言葉もなく大智の横顔を見つめた。

まさか大智は陽菜とやり直すつもりで現れたのだろうか。五年前、あんなひどい言葉を投げつけて、連絡を絶ったのに？　嫌われても、恨まれても当然だと思っていたのに。

やり直す――それができればどんなにいいだろう。別れたのは心変わりからではなかった。自分は今も変わらず大智を想っている。縁談を受け入れる意思を固めて以来、大智のことを思い出していた理由はそれだったと、彼を目の前にして気づいた。

その大智が、陽菜を呼び戻そうと動いてくれた――。

感動と言ってもいい嬉しさが胸の奥から込み上げて、陽菜は両手で自分を抱きしめた。力を抜いたら震え出しそうで、嗚咽《おえつ》が洩《も》れそうで――。

大智が……私を……。

しかし喜びに浸ろうとする陽菜を、現実が引き戻した。陽菜の人生はもう決まっている。叔母には縁談を進めてくれと伝えてしまった。そうしなければ、叔母の店は危ない。恩ある叔母を悲しませるなんてできない。

「陽菜……？」

陽菜があまりにも沈黙していたせいか、大智はわずかに眉をひそめた。二度目の告白をしたも同然なのに、なんの反応もなければ訝《いぶか》しんでも無理はない。陽菜がもう大智を好きではないと思われたりしたら――車を停めて降ろされてしまうかもしれない。そして、それっきりだ。

――嫌だ！　このまま離れるなんて嫌……やっと会えたのに……本当はずっと会いたかったのに……！

シフトレバーに置かれた大智の手に、陽菜は自分の手を重ねた。かすかにぴくりとした手を、強く握る。離れたくない。この手を離したくない。ずっとは無理でも、今は――。

未来は変えられなくても、思い出が欲しい。それを胸に今後の人生を生きていく。

「……攫って――」

連れていかれたのは、湾岸沿いの高級ホテルだった。地下駐車場からエレベーターに乗り込む。

「私、こんな格好で……」

こうなるとわかっていたら、もっとちゃんとした服を着ていたのにと思うのは、今夜何度目だろう。

「気にするな。それにどこも変じゃない」

「大智はスーツで決めてるからそう言うんだよ」

連れ去られるのだと心を決めると、不思議なほど五年前と同じように言葉を交わすことができた。大智の態度も同様で、まるで空白期間など存在しなかったと錯覚をしてしまいそうだ。

レストランやバーに行くのだとしたら、入店を断られはしないだろうか。それもしかたがないと納得するけれど、大智に恥をかかせてしまう。

エレベーターのドアが開いたのは高層階で、予想に反してホールはしんと静まっていた。客室フロアのようだ。

「攫ったら、まずは閉じ込めるもんだろ。もうチェックインは済ませてある」

背中に回った大智の腕に促されて、陽菜は緊張しながら歩を進めた。

ドアの間隔が広いな……。

部屋数が少ないということは、一室が広いのだろうか。都内でも有名な高級ホテルだから、そうなのかもしれない。

突き当たりのドアの前で立ち止まった大智はカードキーを使うと、開けたドアを支えて、先に陽菜を室内に入れた。

「わっ……ゴージャス」

入り口からしてスタンダードなホテルの作りとは違い、まずは玄関ホールのような空間があり、その先に両開きのドアがあった。開け放たれているので、広々としたリビング風の室内が見える。

「もしかしなくてもスイート？」

「いくつかあるグレードのひとつだな。ほら、進んで」

大きなL字形のソファやダイニング用のテーブルセットがあっても、窮屈さはまったく感じられない。それらから目を上げた陽菜は、はっとして息を呑んだ。

角部屋のようで、壁二面に大きく窓が切られている。吸い寄せられるように窓に近づいた陽菜の背後で、ルームライトがふっと消えた。

「……きれい……」

眼下には都内の夜景がきらめいていた。星屑《ほしくず》を撒《ま》き散らしたような輝きに、陽菜はじっと見入る。じわじわと胸が熱くなってくるのを感じた。

「やっと約束が果たせた」

隣に立った大智の言葉に、陽菜は顔を上げる。

「憶えていてくれたの？」

「忘れるもんか、自分で言ったんだぞ。今度は夜景を見よう、って。相変わらず高いところからの景色が好きなんだな」

陽菜も憶えている。初めてふたりで出かけた旅行で気球に乗り、喜びはしゃぐ陽菜に、大智はそう言ったのだ。

「あれ以来、高いところから景色を楽しむ機会はなかったけど、好きだよ。父が生前、飛行機の免許を取ろうとしてて、あ、飛行機といっても小型のものなんだけど、いつか乗せてくれるって言ってたの。いちばん高いところからの景色だって……たしかに大きな飛行機じゃすぐに雲の上で、景色はあまり見えないものね。けっきょく叶《かな》わないままだったけど」

「そうだったのか……初めて聞いた」

「誰かに言ったの初めてだもの——あ、あっち！　レインボーブリッジじゃない？　すごい、きれい！」

陽菜は思わずガラスに両手をつけて、眼下の夜景に見入った。どこまでも無数の明かりに彩られている。

「東京《とうきょう》って広い——」

陽菜の手に大智の手が重なって、言葉が途切れた。

本当に今、大智とふたりきりなんだ……二度と会えないと思ってたのに……。

それもこれも、大智が陽菜を探し出してくれたからだ。自宅に招いたことがなかったのはもちろん、場所も詳しく教えていなかった。陽菜にはできない行動だ。

その原動力が、陽菜に会いたいという気持ちだったなら、こんなに嬉しいことはない。今の自分がいちばん望んでいたこと——それは大智に会うことだったのだと、こうなって気づいた。

軽く項《うなじ》でまとめていた髪が大智の吐息にそよいで、距離の近さに胸が高鳴る。

「東京だけじゃなくて、横浜《よこはま》のほうまで見えてるよ」

「そ、そう……」

ぎゅっと手を握られて、陽菜は大智を仰ぎ見た。

「夜景はもういいのか？」

「後でまた……大智の顔が見たい」

「大歓迎だ。俺も陽菜をもっと見たい。こんなに美人だったかと、さっきから驚いてるんだ」

「大智のほうこそ、どこから見ても立派な社会人だよ。元気で……よかった」

ついと顎に指をかけられ、キスの予感に陽菜は破裂しそうな心臓を抱えながら目を閉じた。しかし絶妙なタイミングでドアホンが鳴り、大智はそっと陽菜から離れると、ルームライトを戻して部屋を出ていった。

……びっくりした……。

陽菜はよろめくように窓ガラスにすがりつき、大きく息をつく。大智とはキス以上のことだってしてきたのに、こんなに緊張するなんて。いや、高揚だろうか。

愛用のトワレも変わったようだ。今の彼にはよく似合う。

うう、比べたら本当に見劣りするなあ、私……ちゃんとすれば、もうちょっとマシだと思うんだけど……。

大智が内心どう思っているのかと考えると、気が気ではない。

大智と別れて以降の陽菜は、元の地味な大学生活に戻った。叔母の店をできるだけ手伝い、そのまま就職活動もせずに卒業して今に至る。新しい出会いもなく——というよりも、そんな気持ちにもなれず、自宅と店を行き来してときどきフラワーアレンジメントの教室へ通うだけの日々を送っている。大智のように見違えるどころか、以前より見劣りしているのではないかと不安だ。

「ルームサービスをお持ちしました」

「ああ、ありがとう」

スタッフがワゴンを押して入ってくる気配を感じて、陽菜は慌てて隣室へと続くドアに身を滑り込ませた。たとえ相手がホテルのスタッフでも、同宿の相手がこんな女だと知られては、大智に恥をかかせてしまう。

続き部屋にも一面の窓があって、明かりがついていない室内の窓辺が淡く輝いていた。陽菜が見惚れていると、もたれていたドアが後ろに開いた。

「きゃっ……」

「ああ、ごめん。こんな暗いところでなにしてるんだ？　まだ夜景を見足りない？」

陽菜を支えながらライトをつけた大智に、陽菜は思わず言い返す。

「だって、ホテルの人が来たから……」

「隠れたのか？　なんだ、俺は誘われてるのかと思ったのに」

「は？　あ——……」

こちらの部屋はベッドルームで、クイーンサイズのベッドがふたつ、ナイトテーブルを挟んで鎮座しているのが目に飛び込んできた。

「そ、そんなんじゃないし！」

気まずくなった陽菜は、大智を押しのけるようにしてリビングルームに戻った。ソファテーブルにはアイスバスケットに入ったスパークリングワインと、カットフルーツの盛り合わせが配置も美しくセッティングされていた。

ご丁寧に先ほどまでなかった——と思う。花があればたいてい気づくはずだから——一輪挿しの花瓶まで置かれている。つややかな緑の葉と鮮やかなオレンジの提灯《ちょうちん》型の花は、サンダーソニアだ。

「うん、まずは乾杯しようか」

並んでソファに座り、ボトルを取り上げた大智は、手慣れたしぐさでフルートグラスに注いだ。淡い金色で満たされたグラスが、無数の小さな気泡を上らせている。

グラスを渡された陽菜は、上目づかいで大智を窺った。

「再会に……？」

「再出発に」

再出発——それは、陽菜とやり直すつもりだということだろうか。しかし、陽菜はもう別の男性との結婚を決めてしまっている。黙っているのは大智に対して誠実ではない気がして、陽菜は口を開きかけた。

しかし、この時間が壊れてしまうかと思うと言葉が出てこない。けっきょくなにも言えなくて、黙ったままグラスを合わせた。

喉を滑り落ちていくフルーティな香りと味わいに、グラス半分ほどを飲み干してしまって、喉が渇いていたのだと気づいた。

大智がつまみ上げたイチゴを陽菜の口元に持ってきた。躊躇《ためら》いは一瞬で、陽菜は口を開く。

「わ、美味《おい》しい……シーズンじゃないのに」

「それはよかった。ここのフルーツは美味《うま》いのを揃えてるらしいよ」

微笑を浮かべた大智はグラスを干すと、それを置いて代わりにジャケットの内ポケットからなにかをつまみ出した。

「あ……」

親指と人差し指で挟まれているのは、大粒のダイヤモンドの指輪だ。控えめなルームライトにも燦然《さんぜん》と輝いている。夜景のきらめきよりも、もっと強く。

「俺と結婚してほしい」

まさか婚約指輪が用意されているとは思わず、陽菜の視線は指輪と大智を何度も行き来した。

「……大智、私は実は——」

「ノーは聞かない。俺はずっとそのつもりだった。学生時代からその気持ちは変わらない。陽菜に受け入れてもらえる人間になったと思ったからプロポーズしてる」

でも……。

「俺のことが嫌いならそう言ってくれ。顔も見たくない、って。そうすれば二度ときみの前には現れない」

断るなんてできない……。

叶うはずもない夢が、今だけ現実になるのだ。そして、一生忘れられない思い出に。

陽菜は、これからの時間を思い出作りに費やすことに決めた。マイナスな感情も言葉も、すべて今は必要ない。

「……ありがとう」

指輪は左手の薬指にぴたりと収まった。つきあっていたころ、大智にはたくさんのプレゼントをもらったけれど、指輪はなかった。どうやってサイズを知ったのだろう。誂《あつら》えたようにぴったりで、それがまた喜びを湧き起こす。

「嬉しい――」

顔を上げた瞬間、大智の顔が近づいて、先ほど未遂に終わったキスをされた。

ああ、大智だ……。

キスの角度も唇の感触も、陽菜が知る唯一のものだった。ひとりで思い出そうとしても記憶はあやふやだが、こうして触れているとそうだったと蘇る。

唇だけでなく互いの身体に手を伸ばし、抱き合いながらキスを貪った。喉が渇いていたと気づいたときよりも、このキスが恋しかったと思い知らされる。

「――陽菜」

息が上がった陽菜の顔をじっと見つめて、大智は我慢できないというように強いハグをしてきた。

「やっと、取り戻せた……」

ボトルの中身が半分ほどになったころ、大智に風呂に誘われた。

「急だったんだもの。ひとりで入らせて。お先にどうぞ」

言外の意味を読み取ったらしく、大智は軽く笑って陽菜の手を握った。

「俺は全然気にしないけど」

それをやんわりと押し返す。

「私が気にするの。こんな格好なんだから、せめて中身は磨いておきたいでしょ」

渋々ながらも頷《うなず》いてリビングを出ていく大智を見送って、陽菜はわずかに口元を緩めた。

以前の彼ならもっと食い下がっただろうし、入浴をすっ飛ばしてベッドに連れ込まれたかもしれない。五年を経て見せる落ち着きや余裕に気づいたのは、陽菜もまたその間に多少はおとなになったということだろうか。

でも、予告もなしに現れて、「攫いに来た」なんて言ってここに連れてきたけど。

それを、突拍子もなくて子どもじみているというよりは、決断力と行動力と感じてしまうのは、やはり自分は大智が好きなのだと思う。

陽菜はスマートフォンを取り出して、叔母に電話をかけた。まだ店にいるだろうと思っていたとおり、留守番電話に切り替わる。むしろそれを期待していた。

「陽菜です。急なんだけど、出かけるね。明日帰るか、せいぜい数日のつもりだから、連絡がつかなくても心配しないで」

それだけを言って、通話終了のアイコンをタップした。叔母が出ていたら追及されるだろうし、嘘をつく自信がない。心配させてしまうだろうが、陽菜はそのままスマートフォンの電源を落とした。

交代して入浴し、少し迷った末に、着てきたものを着るより備えつけのナイティーを身に着けた。髪を乾かしてから、ドレッサーに敷いたハンドタオルの上の指輪を手にして、リビングに戻る。

ソファに座っていたバスローブ姿の大智は、陽菜に気づくとすぐに立ち上がって、冷蔵庫からミネラルウォーターのボトルを取り出して渡してくれた。

「ありがとう。あの、ケースかなにかある？　このまま置いたら、疵《きず》がつかないか心配で——」

大智は指輪を取り上げると、陽菜の指にはめた。

「つけたままでいいじゃないか。結婚指輪に替わるまで、ずっとつけていてほしいな」

その言葉に胸がギュッとしかけたけど、無理やり心の底に押し込んだ。

「それは……寝るときも？　よけい疵になりそうなんだけど」

「ああ、意外に寝相が豪快だったな」

「そんなふうに言わなくてもいいでしょ。安心して熟睡してたの！」

気まずい別れと、五年の空白期間を感じさせないやり取りの間に大智にさりげなく誘導され、気づけば寝室に移動していた。先ほど偶然確認したはずのベッドが目に入って、陽菜の足が止まる。

「どうした？　まさか嫌だとか言わないよな？」

「嫌だなんて」

即座に否定して、しっかりかぶりを振る。嫌だなんてとんでもない。絶対に誤解されたくない。

ただ、あまりにも空白期間が長すぎて恥ずかしい気もするし、大智が今の陽菜をどう思うかがとても気になる。

もう二十四だし、あのころのピチピチさはないよね？　痩せたって言えば聞こえはいいけど、やつれた感もあるし、最近はお手入れも怠りがちだったし……。

もう何度目になるのか、どうして大智は事前に知らせてから攫ってくれなかったのだろうと思い、ちょっと恨めしい。

そのとき大智が陽菜の肩に額を押しつけた。

「――ごめん」

「大智……？」

「やっぱり俺、ちょっと焦ってるな。陽菜がここにいると思ったら、現実だってわかってるのに、もっとちゃんと確かめたくなる」

大智も同じなんだ……私と会って、信じられないくらい嬉しいと思ってくれているから――だよね？

陽菜は大智を振り返って、その肩に両腕を回した。そうだ、こんなふうに少しつま先立ちしなければ、ちゃんとハグできなかった。

大智は陽菜の背中を包むように抱き返しながら、押し殺したため息を洩らす。

「……訂正、嫌がられてないようだ」

「当たり前でしょ。少し……恥ずかしいだけ」

「わかった。それなら少し話をしよう」

片方のベッドに、枕を背もたれにして並んで足を伸ばした。大智がキャップを開けてくれたボトルを口に運ぶ。

「ああ、そうだ。とりあえずこの部屋は三日間リザーブしてあるから、拠点にして出かけよう。行きたいところはある？」

「うーん、考える。仕事はだいじょうぶなの？」

「休みを取ってある。働きづめだったから、あっさり休ませてくれたよ」

誰にも頼らずに自立したと言っていたから、親の会社には入らなかったのだろうか。陽菜の言葉が影響を与えてしまったなら気になるけれど、見るからに充実した生活を送っているようだし、どんな道に進んだにしろ力を発揮したのに違いない。

「頑張ってるんだね、すごい」

「いつかきみを取り戻すって決めてたからな」

あのとき、気持ちに余裕がなくて八つ当たり気味に言い散らしたのに、それでも大智は陽菜とやり直そうと考えてくれていたのか。意地を張ったり臆病になったりして、一方的に連絡を断ったことを後悔しても遅い。

「ごめんなさい……私、ひどいことを言って。その後も――」

「いや、あれがあったから、今の俺になれたんだ」

大智はそう言って微笑み、陽菜の手を握った。こともなげに返すけれど、当時の大智がショックを受けたことは間違いなく、そう思うと胸が痛い。

もう、考えちゃだめだ……。

目を閉じた陽菜の頬を、大智の手のひらが包んだ。

「きれいになった。いや、前から美人だったけど」

「会えるとわかってたら、もっときれいにしてたのに。ごめんね、こんなで」

「なに言ってるんだ、きれいだよ。スタイルもいいし。ちょっと痩せた？」

頬を滑り下りた手が、ナイティーの胸元に触れた。膨らみを覆うように包んでから、指先が中心を擦る。

「あっ……」

「やっぱりなにも着けてなかったか。ハグされたときにもしやと思ったけど」

やわやわと刺激されて、陽菜は身じろいだ。口が開いたボトルを持ったままなので、こぼしそうで抗えない。いや、拒むつもりもないけれど。

「それ、は……着替えもないから……」

「ごめん」

着替えを用意する間も与えなかったことになのか、ボトルで手を塞がせていたことになのか、大智はそう言って、陽菜の手から取り上げたボトルをナイトテーブルに置いた。返す手で陽菜を抱きすくめ、ベッドに横たわる。

「てことは、こっちも——」

腰を撫《な》で下ろした手が、ナイティーの裾から忍び込んで這《は》い上がってきた。

「きゃっ……」

直にヒップをまさぐられ、陽菜は大智の胸に額を押しつけた。バスローブの前がはだけて、大智の肌の匂いがする。それを嗅いで、恋しかったのだと気づき、泣き出したいくらいだった。

嬉しい。会えて嬉しい。言葉を交わせて嬉しい。触れられて嬉しい——。

後ろから秘裂をなぞった指が、襞《ひだ》の間でぬるりと蠢《うごめ》く。

「拒まれなくてほっとした。すごく濡《ぬ》れてる……」

「言わ……ないで――あっ……」

指先に蜜を絡めるようにしながら撫で擦られて、陽菜は腰をびくつかせた。いつの間にか前に回った手で花蕾《からい》をつままれ仰け反ると、ナイティーのボタンが外されていく。露わになった胸元に、大智は顔を埋めた。

「また大きくなった？」

乳房を食《は》みながら、そんなことを言う。平均以上のバストは、自意識過剰と言われようと他人の視線が気になって、陽菜自身にはメリットがない。

しかし大智はお気に入りだったようだ。裸を見るまではそれほどとは思っていなかった、と否定していたけれど。

「……変わらないっ、よ……」

「そうか、ウエストが細くなったから相対的なもんかな」

「やっ……、す、吸わないで……」

「無理、もう止まらない。それにきみだって――こっちも硬くなってる」

反対の乳頭をつままれて、陽菜は疼痛《とうつう》に喘《あえ》いだ。五年ぶりだというのに、身体は早くも大智に与えられる快楽を思い出しているようだ。

だって……もう触れられないと思ってた……。

きっとその喜びが、過分に陽菜を昂《たかぶ》らせているのだ。

大智は身を起こしてバスローブを脱ぎ捨てると、陽菜のナイティーも引きはがした。思わず脚を閉じようとしたが、膝を掴まれて左右に開かれた。そして大智が下腹に顔を伏せる。

「ああっ……」

口での愛撫は初めてではないけれど、その甘美な刺激に全身を任せたくなる。花蕾を掬《すく》い上げるように舐《な》められて、陽菜はたちまち上りつめてしまった。

大きく胸を上下させながら、大智のものに手を伸ばそうとすると、「しなくていい」と押し返された。

「でも……」

数えるほどしかしたことはなく、おそらく上手とは言えないけれど、いつも大智は喜んでくれていた。

喜んでいたふりで、実は全然よくなかった、とか……？

そんなことを考えていた陽菜は、大智に組み伏せられた。見下ろしてくる顔が、心なしか焦って見える。

「そんなことされたら暴発する。陽菜が欲しいんだよ」

その言葉に胸を撃ち抜かれたような心地になった陽菜の腰を、大智は強く引き寄せた。

「あっ、あ……」

こんなに大きかっただろうかと途中で怯《ひる》んだくらい、大智は力強く陽菜の中を占領した。しがみつく陽菜を最奥まで貫いて、熱い息をつく。脈動が伝わってきて、本当に今この人に抱かれているのだと実感する。

「だいじょうぶか？」

ふいに真顔になった大智に訊《き》かれて、陽菜は小さく笑った。

「平気。ちょっとびっくりしたけど」

「俺もだ。なんだか思ってたより狭くて——」

「そういうこと言わなくていいからっ」

「俺だけだったって思っていいんだよな？」

声音に真剣な色を聞き取って、陽菜は大智を見上げた。

「……好きなのは大智だけだよ」

大智は嚙《か》みつくように唇を重ねてきて、キスをしながら動き出した。刻まれる律動に揺さぶられる身体が徐々に熱を上げて、エアコンが効いているはずなのに汗ばんでくる。

快感に溶かされて、陽菜はこぼれるままに訴えた。

「……会いたかったの……大智に——あっ……会いたかった……」

媚肉《びにく》を擦られて、悦びが膨れ上がってくる。大智に翻弄される一方だった行為に、いつしか陽菜も同調して貪っていた。

ああ……もう……。

早く上りつめたいのに、そのときが来るのがひどく惜しいような気もした。しかし身体ごと打ちつけてくる激しい抽挿《ちゅうそう》に、陽菜は高みに駆け上がった。

波打つように内壁がうねって、一瞬天地が回るような気がした。少し遅れて大智もまた達したらしく、息を詰めた後に覆いかぶさってきた。

互いの速い鼓動を感じながら、大智の重みを懐かしく、嬉しく思う。

顔を上げた大智は陽菜にキスをすると、まだ繋がったままの身体を膝の上に抱えた。自重で深く大智のものを呑み込むことになり、力を失っていないそれに甘い呻《うめ》きが洩れる。

「ま、待って……」

「嫌だ。待てない」

腰を抱えられて揺さぶられながら、陽菜は大智の肩越しに窓の向こうにきらめく夜景に目を細めた。

『今日の目的地は、とりあえず横浜』

少し寝坊して、ルームサービスで遅めの朝食をとりながら、大智はそう言っていたはずだが、向かったのは青山《あおやま》のセレクトショップだった。馴染《なじ》みのようで、尻ごみする陽菜を引っ張るように店内に入り、全身をコーディネートした。ランジェリーもある店だったので、それこそ全部だ。ストライプのシャツに細身のネイビーのパンツを合わせたが、オープントゥのバックストラップパンプスと小さめのバッグで、マニッシュに偏るのを回避している。

大智はしっかり着替えを準備していたらしく、ポロシャツにラフなジャケットを羽織っている。ボトムスは紺色で、もしかしたらあえてリンクさせたのかもしれない。

着替え用にと他にも買おうとして、陽菜は慌てて辞退しようとしたのだが、「それくらいは稼いでる」と押しきられてしまった。

その後横浜へ向かい、連れていかれたのはイングリッシュガーデンだった。ちょうどバラが見ごろを迎えていて、園内は甘い香りに包まれていた。

「映画やアミューズメントパークより、こういうところのほうが、いつも楽しそうだったからさ。来たことある？」

「ううん、初めて。すてきだね」

サークルではよく出かけていたが、デートをするようになってからは、大智に任せるままウィンドーショッピングをしたり、すてきなカフェやレストランに入ったり、彼のマンションで過ごすことが多かった。それを不満に思ったことはない。大智と一緒にいられることが嬉しかった。

「そうなんだ？　バラは嫌いじゃないだろ？　フラワーコーディネートの必需品だろうし」

「……あのね――」

　自分が今どんな生活を送っているか、大智にはまだ話していなかった。自宅を調べてやってきたくらいだから、他のことも知っているのかもしれないけれど、言っておくべきだろう。昨夜、話の流れとはいえ大智のことを聞いてしまったのだから。

「卒業してから、叔母の店を手伝ってるの。手伝うっていっても、大したことはできてないんだけど。それで……まだ専門学校には行けてないんだ」

　話しているうちに、別れのきっかけとなった自分の暴言が蘇って、大智の顔が見られなかった。ずいぶんひどい言葉を投げつけてしまったのももちろんだけれど、偉そうなことを言っておきながら、陽菜のほうこそ歩み出せていない。大智は自分自身の足で立って、社会人として頑張っているというのに。

「そうか。でも、諦めたわけじゃないんだろ？」

「うん、教室は通ってるけど半分自己流だから、趣味の域を脱せたかどうかってところで……情けないよね」

　自嘲の苦笑いを浮かべた陽菜の肩を、大智はポンポンと叩《たた》いた。

「それなら前進中ってことじゃないか。速度はいつも同じってわけにはいかないよ。一気に進むときだってあるかもしれない」

　顔を上げると、大智は頷きを返した。励まされるとは思ってもみなくて、陽菜は胸が痛くなるような嬉しさを感じた。

「……え？　どうした陽菜？　気分でも悪い？」

大智は慌てたように陽菜の肩を掴み、顔を覗き込んでくる。

「ううん、なんでもない。そう言ってもらえて、ほっとしたっていうか」

現実の日々は、思っていた以上に陽菜に重くのしかかっていたのだろうか。自分で決めたことなのに。

大智が優しいからだ。でも、そんなふうにされたら……未練が残っちゃうよ。もっと好きになっちゃう……。

「だいじょうぶなんだな？」

大智は念を押すと、陽菜の手を引いて歩き出した。

「じゃあ、バラのソフトクリーム食べるか？　向こうにワゴンがあるって」

振り返った笑顔に、陽菜もつられたように微笑む。悲しんでいる場合じゃない。奇跡のような時間なのだ。大智のこと以外、もう考えない。

「まだ全然バラを見てないじゃない」

その後、中華街《ちゅうかがい》へ向かい、通りを歩きながら中華まんや北京《ペキン》ダックを頬張った。

「あーあ、ちゃんと店の中で座って食べるつもりだったんだけどな」

「そんなに食べられないもの」

「ソフトクリームだけじゃなくて、パンケーキまで食べるからだろ」

「バラのジャムなんて、味わわない選択肢はないでしょ。大智だって美味しいって言ってたじゃない。帰りにジャム買ってたし――あ、台湾唐揚《たいわんからあ》げ！　すごーい！　見て、あんなに大きい！」

最近流行《はや》っているという巨大な炸鶏排《ザージーパイ》の屋台には、平日なのに行列ができていた。陽菜は引き寄せられるように最後尾に並ぶ。

「腹いっぱいなんじゃないのか？」

隣に立った大智が呆れたように呟く。

「味見したいから、ひと口だけ。残りは大智が食べて」

「これだよ」

衣にタピオカ粉を使っているそうで、揚げたてなこともありクリスピーで軽い触感だ。ひと口だけのつもりが、顔面サイズのおでこ分くらいは食べてしまった。

「うん、美味いな」

残りを引き受けてくれた大智も、豪快にかぶりついている。ナイフとフォークにナプキンも添えての食事がさまになる大智だけれど、こんなカジュアルな食べ歩きも似合う。

見惚《みと》れていた陽菜は大智と目が合って、慌てて視線を逸らした。

「あっ、台湾カステラ！」

「おいおい、デザートはさっき食べただろ。しかも似たようなのを」

「パンケーキとカステラは別物でーす」

紙に包んだひと切れを手にして大智のもとへ戻った陽菜は、先に大智の口元にカステラを差し出した。齧《かじ》りついた大智は目を瞠《みは》る。

「ふわふわだ」

「ほぼ空気みたいなもんだよね」

「いや、ちゃんとカロリーはあると思うぞ」

「美味しいもの食べてるときに言わないで。歩いてるから消費できてるよ」

「帰ったらもっと運動するしな」

その意味に気づいて、陽菜は熱くなった頬を隠すようにカステラを頬張った。

翌日は早めに起きて、秩父《ちちぶ》まで足を延ばした。

牧場内で一千万本のポピーが咲き乱れる――と聞いていたが、実際に訪れて目にした景色は圧巻だった。

「視界が真紅だ……」

「ここも初？」

「初めて！　すごいきれい！　ありがとう、大智」

圧倒されるというか感動するというか、とにかく素晴らしい景色が見られた。眩暈《めまい》がしそうなポピーの群生から、大智に目を移す。大智もこの光景を楽しんでくれていればいいと思っていたのだが、彼の視線は陽菜に向いていた。

「喜んでもらえてよかった」

微笑む大智に、陽菜は戸惑う。

「嬉しいけど……どうして？　昨日も今日も、退屈ってわけじゃないだろうけど、積極的に来るほど好きでもないでしょ」

大智は深呼吸をするように両手を広げた。

「ははっ、でもすごく楽しいよ。まあ、その理由のほとんどは、陽菜と一緒だからだけどね」

「私だってそれがいちばんだもの。大智の行きたいところでいいよ」

「うん、でもさ、考えてみたら以前は、けっこう勝手に引っ張り回してたな、って。希望を聞いてたら、もっと陽菜が喜ぶ顔が見られたんじゃないかと思ったんだ」

少し照れたような顔。そよ風がその髪を乱して、五年の歳月を巻き戻したように見えた。それでも今目の前にいるのは、思いやりのあるおとなの大智だ。本当に、なんてすてきに成長をしたのだろう。

空白の間に、大智にどんなことがあって、なにをして、どんな人たちと出会ったのか、全部知りたい。一緒に過ごせなかった分、せめて知りたい。

けれど、それは陽菜には必要がないことだ。陽菜がともにできるのは、今のわずかな時間だけなのだから――。

「あ、しまった！　希望を聞くって言いながら、けっきょく俺が行き先を決めてたな。今からでもどこか――」

「いいの、昨日も今日もすてきなところに連れてきてもらったし、急に言われても見つけられそうにないし。あ、でも夕食のリクエストをしてもいい？」

陽菜がそう言うと、大智は張りきったように大きく頷いた。

「もちろん。どこに行きたい？」

「焼き鳥が美味しい飲み屋さんに」

別れたのが大学二年の夏前で、つきあっている間は未成年だったので、居酒屋にもバーにも一緒に行ったことがなかった。

「そういや初めてだな。任せろ」

牧場でバターの手作り体験をして、それを手に都内へ戻った。

「明日の朝食はこのバターだな。バラジャムとの相性はどうだろう？」

「朝からダブルでいくの？」

「心配するな。カロリー消費もつきあうから」

大智が選んだのは、洒落《しゃれ》た造りのバーのような焼き鳥店だった。陽菜の予想とは違っていたけれど、カウンターで冷酒を傾けながら凝ったメニューを堪能した。

大智のほうを向くといつも視線が待ちかまえていて、何度目かに陽菜がそれを指摘したら、

「いや、陽菜と外で飲める日が来たんだと、ちょっと感慨深くて。それに、意外といける口なんだな」

そう答えて猪口《ちょこ》を口にした。

「成長しましたので」

ホテルの部屋に戻ると、大智は陽菜を背中から抱きしめた。

「明日はどうする？」

「明日――」

これ以上一緒にいたら、なにもかも振り捨ててしまうかもしれない。それはしてはいけないことだし、できない。

前で交差した大智の腕に手を重ね、陽菜は小さくかぶりを振った。

「……朝までに考える」

「わかった。じゃあ、風呂に入ろうか。今日は一緒に」

陽菜が頷くと、もっと渋ると思ったのか、大智は意外そうに腕を緩めた。その胸から抜け出して、陽菜はバスルームへ向かう。

「先に入ってるね」

「お、おう……」

互いに身体を洗い合ううちに、それが愛撫に変わった。乳房を吸われ、秘所をまさぐられると立っていられなくなって、大智の肩にすがりついた。

「あっ……」

壁際に追いつめられ、腰を抱かれる。陽菜の片脚を抱え上げるようにして、大智は押し入ってきた。くぐもった呻きが洩れる。唇を噛みしめていないと、愛していると連呼してしまいそうだったから。

しかし、ふと思った。今言わなければ、もう伝えられない。

「……大智……あっ、……愛してる……」

「俺も愛してるよ……」

「愛してるのっ……大智だけが好き――あっ……」

そう訴えるたびに強く突き上げられて、陽菜はたちまち上りつめた。大智はなおも激しい抽挿を続けていたが、ふいに結合を解くと、陽菜を抱き上げてバスルームを出た。

「大智……？」

「ごめん、舞い上がってた。苦しいよな。でも止められないから、場所を変えよう」

寝室のベッドに横たえた陽菜を閉じ込めるように、大智は両脇に腕をつく。髪から滴《しずく》を落としながら、濡れた身体を重ねてきた。

「あんなに愛してるなんて言うから、つい――」

片手で乳房を揉《も》みながら、乳頭を舐め上げる大智の髪を、陽菜は掻《か》き回した。

「本当のことだもの」

「そうでも、嬉しすぎる……」

バスルームでできなかった分を取り戻すように、大智は陽菜の身体に舌を這わせた。脚を大きく開かれて、間に大智の顔が沈む。

「ああっ……」

恥ずかしいほどに溢れている蜜を舐め取られて、その甘美な刺激に陽菜は腰を揺らした。花蕾を啄《ついば》まれながら、差し入れられた指を蠢かされると、悦びに媚肉《びにく》が震える。

「いい、もういい、からっ……」

叫ぶように訴えても、大智の愛撫は止まらない。むしろいっそう濃厚になって、陽菜は身悶《みもだ》えた。

「……来て、大智が……欲しいの……」

唸《うな》るように息をついた大智は上体を起こすと、陽菜の身体を組み敷いて身を進めてきた。

濡れた身体のせいか、迎え入れたものの熱さに、痺《しび》れるような快感が走り抜けた。内壁がうねって歓喜する。

「……大智っ……」

「陽菜、悪い……もう少し緩めて……いきそうだ……」

そんなことを聞かされたら、逆効果だ。そもそも今の陽菜は、自分の身体をコントロールできない。

「……いっぱい、して……何度でも……」

唆《そその》かすように腰を揺らすと、大智は陽菜の首筋に顔を埋めて、小さく笑った。

「そうだった。何度だっていいんだよな」

それからの大智は、かつてないくらい激しく陽菜を貪った。回を重ねて落ち着いたのか、次第に余裕のある行為になって、今度は陽菜が翻弄される。

それでも互いに終わろうとはしなくて、長い夜が更けていった。


日の出前の室内は、ぼんやりと青白い。

隣で眠る大智を起こさないように、陽菜は息を殺してベッドを離れた。

今はそんなこともないかもしれないが、学生時代の大智は朝が弱かった。昨夜は眠りにつくのが遅かったし、寝る前に「少し朝寝坊しよう」と言ってあったから、そのつもりでゆっくり眠っているはずだ。

足を忍ばせてリビングを横切り、ドレッシングルームに身を滑り込ませる。

大智が自分のものと一緒にランドリーに出しておいてくれたので、陽菜は来たときの服を身に着けた。一昨日《おととい》の朝、ホテルの売店に駆け込んで購入した最低限のコスメで化粧をし、最後に指輪を外してカウンターに置いた。

鏡の中の自分を見つめる。これで元どおりのはずだ。

――本当に？

せつなさが込み上げてきて、陽菜は俯《うつむ》いて胸を押さえた。

元どおりなんかじゃない。前よりももっと大智を好きになってしまった。あと一日でも長く一緒にいたら、離れる気なんてなくなってしまうだろう。

でも、もう陽菜はこの先の人生を決めてしまった。叔母のためにもそうしたいと思って、自分で選んだのだ。変えることはできない。

そんな陽菜に与えられたこの三日間は、夢のような時間だった。別れはつらいけれど、最愛の人と過ごせたことに感謝する。

攫ってくれてありがとう――。

2

「心配しないでって言われてもね、急にいなくなって、スマホも通じなかったら気にするに決まってるでしょ」

「はい、すみませんでした」

自宅マンションのリビングで叔母の恵と向き合い、陽菜はひたすら頭を下げた。

ホテルを出てスマートフォンの電源を入れたとたん、メッセージアプリの着信音が鳴り響いた。主に叔母からのメッセージが連続でポップアップされ、電話の着信回数も複数表示されたので、陽菜はとりあえず「今から帰る」とメッセージを返した。早朝にもかかわらず、すぐに叔母から電話がかかってきて、怒涛《どとう》のように声が聞こえてきたが、陽菜が無事だと知ると『とにかく早く帰ってきなさい』と通話は切れた。

そっと玄関のドアを開けると、上り口に腕組みをした叔母が立ちはだかっていて、陽菜は思わず首をすくめた。

『……あの――』

しかし謝罪を口にするより早く、叔母に抱きしめられた。

『……なにごともなくてよかった……』

親代わりをしてくれた叔母が、陽菜の突然の不在を気にしないはずがないのだ。申しわけなさと叔母の愛情が嬉しくて、自分よりも小柄な身体を抱き返すと、すかさず頭を叩かれた。

『ちょっと来なさい。ちゃんと説明して』

――ということで今に至る。

ひたすら謝り倒すばかりの陽菜に、叔母はソファの背に乗せた腕で頬杖《ほおづえ》をついてため息を洩らした。

「はるちゃんもおとななんだから、どこへ出かけようと危なくないなら文句は言わないわよ。でも連絡手段まで断つことないでしょ」

「はい……ごめんなさい」

部屋着姿で化粧気のない叔母は、急に老け込んだように見えた。いつも髪型も化粧もばっちり決めて、溌溂《はつらつ》と店を切り盛りする姿を見ているから、なおのことそう思ったのかもしれない。

すごく心配かけちゃったんだ……。

陽菜としては留守電を残しておいたし、大智との時間を誰にも妨げられたくないという一心でしたことだったけれど、そんな自分は考えなしだったと反省する。

「それで？　どこ行ってたの？　そんな軽装で」

「あー……ちょっとあちこち……いろいろ考えようかなと……」

大智と一緒にいたなんて端から言うつもりはなかったけれど、とっさに言い逃れもできず、アバウトこの上ない返答になってしまった。これではちゃんと反省しているのかと言われてしまうだろうか。

「言う気はないのね。まあ、いいわ。無事に帰ってきたんだし」

しかし叔母はあっさりと追及の手を緩めた。そして身を乗り出してくる。

「わかってるのよ。やっぱり気が進まないんでしょ」

「えっ……」

「例の縁談よ。無理ないわ。今どき、顔も知らない相手と結婚なんて。心配しなくても、まだ返事はしてないから。今日にでもちゃんとお断りしておくわ」

「ちょっと待って！」

陽菜は思わずソファから立ち上がった。

「嫌だなんて言ってないでしょ。すごくありがたい話じゃない。結婚したらお店も応援してくれるし、私だって玉の輿《こし》だし——」

「いろいろ考えるためにって、悩んでたから姿をくらましてたんでしょ」

叔母に言い返されて、陽菜は言葉に詰まった。

「うっ……だから結論は出たの！　私は前向きに考えてるんだから、話を進めて」

それでも叔母は胡乱《うろん》な目を向けてきたが、これ以上突っ込まれるとよけいなことを白状してしまうかもしれないので、陽菜はそのままリビングを後にした。

数日後の午前中、出勤支度をしていると、インターホンが鳴った。

「ああ、出るからいいわよ」

すでに用意を終えた叔母が、ドアホンモニターに向かう。陽菜は洗面所で髪をまとめていた。

「はい——え？　太刀川さん……？」

ええっ⁉

陽菜が慌てて飛び出してくると、叔母は応答を終えて踵《きびす》を返すところだった。

「ちょっと今、太刀川って——」

「そうよ、はるちゃんの知りあいでしょ？　大学のときのサークルの会長さんだっけ？　聞き覚えがあるわ」

叔母はこともなげに答え、キッチンでコーヒーを淹《い》れ始めた。

たしかにサークルの話題が出たときに、そんなことを言った気がする。しかしその後、大智と交際するようになったことまでは知らないはずだ。

「なんでコーヒーなんか淹れてるの？　さっき飲んだじゃない」

「お客さまのよ。はるちゃんの分もあるけど、お茶がいい？」

「そういうことじゃなくて、来るの？　ここに？」

「当たり前じゃない。下まで来てくださったのに、上がっていただかないで帰すわけにはいかないでしょ。なにかお話があるって」

大智が……どうして？　ちゃんと指輪も置いてきたし、その意味がわからないはずがないのに。また攫いに来た？　ううん、ばかな。そんな都合のいいことあるはずがない。

今度こそ見限られて当然だ。そのつもりで、陽菜もホテルを抜け出した。

じゃあ、なんのために……？

混乱する陽菜の耳に、ドアホンが響いた。

「なにしてるの、早く出てちょうだい」

叔母に急かされ、陽菜はふらふらと玄関へ向かった。

本当に……？　本当に大智なの？

よく似た名前の聞き間違いだとか、先方が訪問先を間違えたとか、そんな可能性を期待しながら、震える手でドアを開ける。

「――……だ……」

ドアの向こうに立っていたのは、やはり大智だった。先日も出会ったときはスーツを着ていたが、今日は黒地にシャドーストライプが入ったスーツに、落ち着いた配色のレジメンタルタイを合わせている。

「やあ」

微笑みかけられて、幻ではないのだと陽菜は息をついた。しかし動揺はまったく収まらない。むしろますます混乱してしまう。

「……どうして——」

「なあに、玄関先でいつまでも。まあ、いらっしゃいませ。陽菜の叔母の鳥羽恵でございます」

後ろから現れた叔母が、営業用以上に愛想よく挨拶をした。

「ご連絡もせずに突然伺いまして失礼いたします。太刀川大智と申します」

「狭いところですが、どうぞお上がりください」

陽菜は置いてきぼりの体で、叔母と大智はリビングへと移動した。後から「はるちゃん、なにやってるの」と声がかかる。

大智は持参の手土産《てみやげ》を叔母に手渡してから、名刺を差し出した。

「『サンダーソニア』……まあ、社長でいらっしゃるの」

叔母の感心したような声に、陽菜は大智を見た。

え……？　『サンダーソニア』？　って、たしか——。

「小さなＩＴ会社ですが、『サンダー』というメッセージアプリが評判になっています」

「あらやだ、『サンダー』私も使ってますよ。わかりやすいのよね。乗り換えている人、けっこういるんじゃないかしら？」

「おかげさまで」

商売柄もあって、叔母は初対面の大智とも会話を弾ませている。何度か陽菜を引き込もうとして話を振ってくるが、陽菜はそれどころではない。

自分の力で稼いでいると大智が言ったのは、親の会社以外に勤めたことではなかった。それどころか、自ら会社を興していたのだ。そしてその会社は、人気アプリを生んで急成長している。

恋人の欲目もあって、大智なら親の力を借りなくても自分自身で道を切り開いていく力があると思っていたけれど、二十七にして成功しているなんて――。

叔母は大智にコーヒーを勧め、ひと息ついたところで軽く首を傾げた。

「それで今日はどのような？」

大智は頷くと、居住まいを正した。

「叔母さまが陽菜さんの親代わりと伺っております。陽菜さんとの結婚を許していただきたく、お願いにまいりました」

陽菜のカップが大きな音を立てる。それはソーサーにコーヒーがこぼれるほどだったが、陽菜は目も向けなかった。視線は向かい側に座る大智に縫い留められている。

「……実は、私は結婚の予定が――」

「知ってる。だから駆けつけたんだ」

知ってるって、どうして？　けっきょく伝えられなかったのに。それに私は誰にも話してない。

叔母さんもまだ返事さえしてないって……。

なにをどう訊いたらいいのかわからなくて、陽菜は口を開きかけては押し黙った。

「それに、プロポーズを受けてくれたじゃないか」

「それは──」

「ちょっと待って」

慌てた陽菜を制するように、叔母が鋭く口を挟んだ。

「詳しく聞かせてちょうだい。プロポーズということは、交際中だったのかしら？　もしかして学生時代から？」

横から見つめる叔母の顔はいつになく厳しく、陽菜は観念して大学時代から先日の再会までを白状した。ごまかしたところで、目の前に大智がいてはすぐ訂正されてしまうだろう。

「『ソード企画』のご子息でいらしたの……では、いずれそちらに？」

大智の実家は大手の広告代理店を営んでいる。現社長の長男だから、つまり後継ぎだ。自分で会社を作っていても、武者修行的な位置づけで、先々は実家の会社に入るのが当然の進路だろう。

「いいえ、自分の会社を作ったときに、実家の会社は継がないと決めました。そのときに実家とは縁を切ったような状況です」

……そんな……。

なんでもないことのように言う大智の顔を見ながら、陽菜は青ざめていった。

乗り気ではなかったかもしれないが、家業を継ぐことを当然としていた大智が意思を翻《ひるがえ》し、自立したせいで絶縁したなら、その原因を作ったのは陽菜ではないのか。口げんかで激高したあまり、思ってもいなかったことまで言ってしまった、あのときの八つ当たりが——。

自分の力で会社を興したのは素晴らしいことだ。やはり大智には人並み以上の決断力と行動力があるのだろう。

大智が納得してのことなら、今後も家業を継がずにやっていくのも、陽菜が口を出すことではない。そもそもなにを言える立場でもない。

しかし親との縁を切ってしまったというのは、聞き流せなかった。たとえ意見がぶつかって口論になっても、互いに歩み寄り、あるいは説得を試みるべきではないのか。分かり合えないからと関係を断ってしまうのは、すでに両親がいない陽菜にはひどく悲しいことに思えた。そして取り返しがつかないことだ。

ううん、今からでも修復できるはず。だって親子なんだから……。

「あら……」

さすがの叔母も笑みを引っ込めたのを見て、大智は苦笑した。

「弟がいますから、後継ぎの心配はありません。実際、入社して張りきっているようですし」

「まあ、そちらさまで決めることですものね。外野が気にするものではないわ」

叔母はそう言って頷いたが、ふいに眦《まなじり》を上げた。

「けれど、お越しいただいた件については、しっかり口出しさせていただきます。陽菜――」

鋭い視線が陽菜のほうを向いた。ふだんは「はるちゃん」と呼ぶ叔母が呼び捨てにするときは、真剣な話のときだ。過去には進学のときと、叔母の店で働くと決めたときもそうだった。

「はい……」

まだ大智の絶縁の件が気になっていたが、もうそれどころではないようだ。

「私が訊きたいのはひとつだけ。太刀川さんを好きなの？」

シンプルすぎる問いに、陽菜は口ごもった。しかしそう訊かれたら、返す言葉は決まっている。

嘘でも大智を前にして好きじゃないなんて言えない。言いたくない。

「……好きです――」

叔母はふっと眉を緩めて頷いた。

「そう。じゃあふたりで話しなさい。私はあなたを無理やり結婚させてまで店を続けたいとは思わないわ」

促されて立ち上がった陽菜は、困惑しながらも大智を自室へ誘った。

「ここが陽菜の部屋か……」

六畳大の洋室は、これと言って特徴のないシンプルな部類だ。窓辺の花台でアラビアジャスミンの鉢植えが白い花を咲かせて、甘い香りを漂わせているのが唯一の華やぎだろうか。

陽菜はドレッサーのスツールを大智に勧めて、自分はベッドに腰を下ろした。

ふたりで話すって、どうしよう……あ、まずは謝らないと――。

「あの、黙って帰ってごめんなさい……」

それに対して、大智はネクタイの喉元を緩めながら苦笑した。

「気づいたときにはひとしきり狼狽えたけどね、まあきみの自宅もわかってたから、乗り込むまでだと。いずれにしても、叔母さんに会う必要はあると思ってたし」

「調べてたの？」

そう言えば陽菜の縁談話も、大智は既知のようだった。

「ストーカー扱いしないでもらえるとありがたい。別れてからも、折に触れてきみの状況は把握してた。気にするなってほうが無理な話だ。業者を使ったこともあるし、自分で動いたこともある。叔母さんの店にも、入り口まで行ったことがあるよ。きみについて知ることが、仕事の原動力になった。きみの認める男になっていつか迎えに行くんだ、って」

知らない間に調べられていたことも、嫌だとは思わなかった。それくらい大智は陽菜のことを気にしてくれていたのだ。空白の五年間も、大智の中に陽菜は存在していたのだと思うと、嬉しくさえある。

「俺も訊きたいのはひとつだけだ。俺と結婚してくれるな？」

陽菜はおずおずと大智を見上げた。

「どうして私なの？」

今をときめく『サンダーソニア』の創業者なら、交際も結婚も相手は選り取り見取りだろう。その上大智は、出自も学歴も備えたイケメンだ。

それがなぜ、生意気な口をきいて破局を迎えた陽菜にこだわるのか。

「どうしてって言われても——」

大智は困ったように頬を掻いて、「そっちへ行ってもいいか？」と隣に座った。そして陽菜の手を握る。

「陽菜以外と結婚なんて考えられないからに決まってる」

大智の口元に引き寄せられていく自分の指先を、陽菜は目で追った。軽くキスされて、指が震える。

「きみが俺を変えたんだ。これからは一緒に未来を変えていきたい」

大智はポケットから指輪を取り出すと、陽菜の指にはめた。もう二度とはめることはないと思っていたエンゲージリングが、再び陽菜の指を彩る。この輝きを、もうなくしたくない。大智を、離したくない——。

ふたりでリビングに戻ると、叔母は電話中だった。

「だから大事な用の最中なの。え？　そうよ、人生で——五指には入る重大事。というわけだから、ちょっと遅れるけど頼むわね」

叔母は陽菜たちに気づいて、後半は畳みかけるように捲し立てて電話を切った。

「申しわけありません、お仕事の時間ですね」

「いいんですよ、こっちのほうが大事ですから。それに、気になって仕事どころじゃないわ。で、話はついたのかしら？」

ソファの横に立ったまま、陽菜は頭を下げた。

「太刀川さんと結婚します。縁談を進めてほしいって言っておきながら、ごめんなさい」

「なにを謝ってるのかしら、この子は。私におめでとうを言わせないつもり？　あっちの件は気にすることなんか、これっぽっちもないのよ。こっちからはなにも言ってないんだから」

座るように促されて、今度は大智と並んで叔母の向かい側に腰を下ろす。

「でも、お店が――」

「はるちゃん！」

黙ってというように合図を送る叔母に、大智が口を開いた。

「失礼を承知でお話しさせてください。『とりはね』の業績については、陽菜さんの動向を追ううちに、勝手ながら耳にしています。よろしければ当社に回復のための協力をさせてもらえませんか？」

「えっ？」

陽菜と叔母は同時に訊き返した。

「陽菜さんの大切なお身内なら、私にとっても同様です。一方的な援助というところを気にされるようでしたら、業務提携というか——」

大智はすらすらと『サンダーソニア』と『とりはね』のコラボ企画案を説明する。ＩＴ企業と和食料理店なんて共通点がないと思っていたのに、意外な結びつけ方があるものだと、陽菜は驚き感心しながら聞き入った。

「なんだか思いがけないことですけれど、そう言っていただけると頼もしいですわ。後日改めて相談させていただけますか？」

「もちろんです。他にも考えておきますので、ご検討ください」

気丈に振る舞っていても、ここ数年ずっと叔母の表情をうっすらと覆っていた不安や焦りの膜が、剥がれ落ちたように見える。叔母も大智の提案に、突破口を見出したのだろうか。

陽菜との結婚だけでなく、叔母の店のことまで考えてくれていたなんて、大智の気持ちがますます嬉しく、この人に愛されていることを幸せに思った。

「さあ、これから忙しくなるわね。予定は決めたの？」

結婚に話題を戻した叔母に、陽菜は首を振った。

「今、プロポーズを受けたばかりなのに——」

「式はこれから決めますが、なるべく早く一緒に暮らしたいと思っています」

被せるように言いきった大智を、陽菜は頬を熱くして振り向いた。叔母がなんと言うだろうかと気にしながら。

「まあ、そうですか。今どきのことだし、当人同士の気持ちが第一だし、私はなにも申しませんよ。ふたりで決めてもらえれば」

「できれば今日からでも」

「大智！　急すぎるでしょ。荷物もまとめなきゃだし、お店の仕事も――」

「はるちゃんがいいなら、そうしたら？　店はどうとでもなるでしょ」

「叔母さん！」

――けっきょく陽菜は着の身着のままで、再び大智に攫われたのだった。


「……嘘みたい……」

連れていかれたのは、六本木《ろっぽんぎ》にあるタワーマンションの一室だった。窓から見えるのは、先日のホテルのスイートに勝るとも劣らない眺望だ。

「オフィスに近いことを第一に選んだから、少し手狭かもしれないけど。まあ賃貸だから、そのうちきみの希望を聞いて引っ越そう」

手狭！　ここが？

リビングダイニングは二十畳ほどで、他にマスターベッドルームを含めて個室が三つある。ウォークインクローゼットやパントリーも広かった。

ひととおり案内してもらった陽菜は、ため息しか出ない。今日からここが自宅になるなんて、落ち着かないくらい信じられない。

窓辺に目を向けると、驚くほど近くに東京タワーが見えた。

「頑張ったんだね、すごいよ……」

大智は陽菜の肩を抱くと、胸の中に閉じ込めるようにハグしてきた。この胸が陽菜だけのものなのも、信じられないくらい嬉しい。

「ああ、かつてなく発奮した。別れたときは、俺を振るなんてなんて女だと思ったからな。いつか見返して連れ戻すんだって、それだけを考えてた」

それを聞いて、陽菜は大智の胸の中で目を開く。

「取り戻せてよかった」

そう言って陽菜を見下ろした大智は笑顔で、とても機嫌がよさそうだ。しかし陽菜はふと違和感のようなものを覚えた。なんだか大智の口ぶりは、自分が振られたことが許せなくて、それを帳消しにするために陽菜にこだわって、元の鞘《さや》に収めたように感じられたのだ。

ううん、まさか……たしかにあのときの私の言葉はひどかったから、そう思われても当然だった……それでも私を望んで結婚してくれるんだよね？　そう言ってたし。

結果として大智は奮起したけれど、大智のプライドを傷つけたことは事実だろう。そのことは今だって忘れていないかもしれない。

それは事実として受け止め、いつか払拭できるように、これからは大智の妻として尽くし、ふたりで幸せになりたい。

陽菜は何度も間違い、失敗した。それでも大智は愛してくれているのだ。そして陽菜を攫ってくれた。そんな彼に感謝している。そして誰よりも愛している。

◇

陽菜を意識したのはサークル行きつけのカフェで、やけにスタイルのいい子がアルバイトに入ったなと目にしたときだった。

新人だったこともあり、生真面目そうにフロアを行き来する姿が印象的だった。大智の周りにいる女子は派手で意思表示もはっきりしたタイプが多く、その新鮮さについ目で追うようになった。

彼女が他大の学生で、カフェ近くのフラワーアレンジメント教室に通っていると知ったのは、サークル仲間の口からだった。おまえも目をつけていたのかと、内心焦ったのを憶えている。

なんとか繋がりを持つことはできないかと考え、散歩サークルの行き先に、花畑を選んだ。声をかけるつもりが、彼女のほうから釣られてきた。

『よかったら参加しない？　他大の学生でも大歓迎だから――』

見た目どおりに真面目で初心《うぶ》な陽菜と、サークル仲間として徐々に親交を深め、夏休み前に交際が始まった。

デートに連れ歩く先々で、陽菜は素直に驚きや喜びを表した。それが大智には新鮮で、好ましかった。これまでにつきあった相手はひとりふたりではないが、陽菜と過ごすようになると、たちまち記憶から薄れていった。

陽菜だけが大智の心に鮮やかに息づいている――そう感じるのは、彼女が特別な存在だからだろう。自分がドラマティックな性分だと思ったことはないが、陽菜はきっと運命の相手なのだと確信した。

陽菜がフラワーコーディネーターを夢見て、卒業後は専門学校に進もうとしていること、今は少しでもその夢に近づくべく、アルバイトをしてフラワーアレンジメントの教室に通っていることも知った。

『だから、あまりお小遣いが使えなくて……ごめんなさい』

いつだったかアミューズメントパークに誘った際に、陽菜は申しわけなさそうに打ち明けてきた。

デート中はなにも考えずに大智が支払いをしていたが、陽菜は後から自分の分を差し出してくるのが常だった。もちろんほとんど受け取らなかったけれど。自慢ではないが、大手広告代理店を経営する家の長男として生まれた大智は、アルバイトもする必要がなく、生活費や学費はもちろんのこと、遊行費も潤沢に与えられていた。それが当たり前だった。

陽菜に感化されて、大智は初めてアルバイトを始めた。初給料で花束をプレゼントすると、陽菜はとても喜んでくれた。

『ずっとこのまま取っておきたい。後でドライフラワーにしようかな？』

身の丈に合った生活を崩さず、交際相手の大智に甘えようとしないところにも、凛《りん》とした魅力を感じた。それでいて恋人としての陽菜は、ふわりとした柔らかな可愛らしさも備えていた。

はっきり言って、当時の大智は舞い上がっていた。そして陽菜とつきあえたことに、喜びと焦りを感じていた。離したくない。誰にも渡したくない。もっとしっかりと自分のものにしてしまいたい――。

陽菜のようなタイプにはいささか急展開で躊躇されるかと思いながらも、目前に迫った夏休みに、ふたりきりの旅行を提案した。少しでも気を引こうと、北海道でラベンダー畑を見ようと言い添えて。

やはりというか、陽菜は戸惑いを見せた。このころ、ようやくキスを交わしたくらいで、旅行となれば嫌でもその先が想像されるわけで、きっと二段も三段も階段を飛び越えるようなものなのだろう。

『行きたいけど……お金が――』

『そんなの！　俺が誘ったんだから持つよ。いや、持たせてほしい』

旅費を担うなんて大智には造作もないことで、それを理由に断られるのは絶対に阻止したかった。

それでも押し問答があったが、陽菜が大智に弁当を作ることを条件に、旅行が実現したのだった。

現地に着くまで、陽菜には内緒にしていたことがあった。気球に乗ってラベンダー畑を遊覧したのだ。

いわゆるお散歩サークルのコースで、たまたまきわめてお手軽に大学構内を回ったことがあった。新しくできた理系の研究棟はちょっとした高層ビルのような高さで、最上階のラウンジは一般学生の利用者も多い。そこで陽菜はガラス越しに外を眺めていた。人によっては怯んでしまいそうな眺望のはずだが、楽しそうな笑みを浮かべていた。

『高いところから景色を見るのが好きなの』

それを憶えていたので、気球とラベンダー畑のダブルで陽菜を喜ばせたいと考えたのだ。

陽菜はとても驚き、喜んでくれた。高いところからの景色は好きでも、気球は怖がるだろうかという懸念はあったのだが、北国の風に髪をなびかせて下界を見渡す陽菜の横顔は、ずっと笑顔だった。

異性とつきあうのは初めてだと知っていたので、宿泊先は自分でもおかしいのではないかと思うくらい熟考した。きれいで清潔なのは当然だが、やたら豪華だったり部屋が広かったりするところは避けた。

陽菜は気に入ってくれたようで、ひとしきりはしゃいでいたが、緊張しているのは明らかで、大智が隣に座っただけで肩を揺らした。

『どうしても無理だったら、そう言ってくれていいよ。待つのはできるから』

我ながらずいぶんと紳士気取りで、強がったものだと思う。旅行をＯＫしてくれたときから、陽菜と結ばれるのを夢見ていたというのに。

『嫌だったら来てないよ』

陽菜はちょっと怒ったような顔をして、それでも頬を赤くしていた。

大智は内心舞い上がりながらも紳士の仮面を外さずに、夕食や入浴といったタスクを消化していった。その時間も楽しんだことは言うまでもない。

ベッドに横たわった陽菜とキスを交わし、ホテルのナイティーの前を開いたとたん、思わず陽菜を凝視してしまった。正確には、陽菜の胸を。

いや、大きいほうだとは思ってたけど……。

童貞のように気が急いてしまって、素早く陽菜の背中に手を回してブラジャーのホックを外した。とたんに乳房がこぼれ出る。重力など存在しないかのようにふっくらと盛り上がった乳房は、バストトップの色まで淡く美しい。

『そんなに見ないで……』

『あ、ごめん……』

謝って視線を逸らしても、またすぐに引き寄せられてしまう。

『きれいだな、って……』

陽菜のバストが控えめだったとしても、彼女に対する気持ちが変わりはしないが、好きな相手の身体が魅力的なのは喜ばしい。

陽菜の躊躇いを取り除くためにも、キスをしながら愛撫を進めた。張りのある乳房は大智の手に吸いつくような瑞々《みずみず》しさで、つんと硬くなった乳頭が愛らしい。我慢できずに口に含むと、陽菜は小さな喘ぎを洩らした。

陽菜をその気にさせるつもりが、大智のほうがその身体に魅了されて、気づけば夢中になって指と舌で胸を弄んでいた。

唇で乳頭を食みながら下腹に手を伸ばす。ショーツ越しに秘所をひと撫ですると、陽菜はびくりと腰を引いた。

『触らせて……』

ショーツの中に指を忍び込ませ、薄い和毛《にこげ》の奥のスリットに触れる。温かなぬかるみを感じて、大智は安堵《あんど》するとともに欲情を滾《たぎ》らせた。そっと襞を探り、秘蕾を指の腹で撫でる。

『あ、あっ……』

太腿《ふともも》で手を締めつけられたが、陽菜の両手は大智にしがみついてきた。嫌がられてはいないし、感じてくれてもいるようだ。そのまま愛撫を続けていると、太腿の締めつけが解かれて、大智の背中に回った手も力が緩んだ。

ナイティーとショーツを取り去りながら、少しずつ身体をずらして、陽菜の秘所に顔を伏せる。

『ああっ……』

決して強くならないようにと肝に銘《めい》じながら、秘蕾を舐め上げて舌先で転がす。喘ぐ陽菜の胸が大きく上下し、やがてびくびくと腰を跳ね上げた。

余韻に震える陽菜を見下ろしながら、大智も衣服を脱ぎ捨て、用意した避妊具を装着した。もうこれ以上は待てない。陽菜が欲しい。

柔らかな身体の上に乗り上げて、その腰を抱き寄せる。少しずつ反応を見ながら、しかし迷いなく身を進めた。

――初めての行為にしては激しいものとなってしまったが、陽菜は健気《けなげ》に応えてくれた。

旅行を経て、陽菜への気持ちはますます揺るがないものになった。それは彼女にも伝わっていたと思う。

それでも大智に寄りかかってくることはなく、陽菜の生活パターンは変わらず堅実で真面目なものだった。ひたむきに夢を目指すその姿に、大智は陽菜との未来を思い描いた。

しかし、もっと甘えてくれてもいいのにと思う。アルバイトをしながら教室に通うなんてことをしなくても、大智はいくらでも協力できる。裕福な家に生まれたことを幸運だと思ったのは、これが初めてだった。

『受講料、俺が出すよ。そうすればバイトの時間も会えるだろう？』

そう切り出したこともあったが、陽菜は困ったような顔をしてかぶりを振った。

『大智のお金じゃないでしょう？　それに、自分で決めたことだから自分でやりたいの』

たしかに親の金かもしれないけれど、大智が使っていい分だ。それに、いずれは大智のものとなる。自分は後継ぎなのだから。

もっとふたりの時間が欲しいのに、二回に一回はデートを断られる。大智に対する気持ちが変わったわけではないと思うのだ。ふたりでいるときの陽菜は、片時も大智から目を逸らさないし、終始楽しそうにしている。恥ずかしそうに、好きだとも言ってくれる。

俺がわがままなのかな……。

交際一年が過ぎ、夏休みが近づいていた。昨年の夏に出かけて以来、旅行はしていない。一周年記念にどこかへ行きたいと思って、陽菜の予定を訊いた。そのころには将来をともにするのは彼女しかいないと心に決めていて、卒業を待っての結婚に向けてプロポーズしようと思っていた。

しかし陽菜は乗り気でなく、その理由が旅費だという。たしかにプロポーズをロマンチックに決めようと、学生にはグレードの高い旅行先を考えていた。だから大智が持つと言った。金よりも、陽菜と一緒に過ごすことのほうがずっと重要だから。

『なんの努力もしないで親の会社を継げばいいと思ってるの？　しかも気乗りしなさそうに。そんな社長を担がなきゃならない社員が気の毒だよ。会社を継いでどうするかとか、考えてるの？稼ぐとかお金のありがたみとか、わかってる？　だいたい夢を持ったことあるの？』

返ってきたのはそんな言葉で、初めての大きなけんかになった。言われたことはいちいちもっともだったけれど、陽菜が今の大智を情けなく思っているのだと気づいて、思わず言い返した。

『……わかったよ。じゃあ俺は、自分で金を稼げるようになるから。それなら満足なんだろ』

ショックではあったが、目が覚めるような衝撃も受けた。将来の夢を持つ——自分も持っていいのだろうか。

物心ついたときには親の会社を継ぐのだと、自分も周囲もそのつもりで過ごしてきた。他の道なんて考えたこともなかった。継ぎたいとか継ぎたくないとかではなく、そういうものだと思い込んでいた。将来の夢なんていう作文を課されたときも、社長と書いていた。

海外の若い創業者を見て、ＩＴ系も面白そうだと思ったこともあるけれど、自分は後継ぎなのだからとすぐに目を逸らした。

しかし、可能性はゼロではない——。

そう気づいて、大智は陽菜に謝ろうとしたが、ＳＮＳのメッセージは無視され、電話も出てもらえなかった。やがてそれらも繋がらなくなり、人づてにサークル退会の知らせが届き、アルバイト先のカフェも辞めていた。

焦燥感に駆られながらも、今の自分では陽菜を取り戻せないのではないかと思った。まずは見直される男になることが先だ。

大智は大学院在学中、学業の傍ら会社を興した。理系の研究室から先輩の五頭航生《ごとうこうせい》をスカウトし、スマートフォンアプリを中心とした開発・配信を行っている。五頭が開発したメッセージアプリは口コミで評判が広まり、たちまちユーザーが増えた。しかしライトユーザーを取り込めたのは、大智の徹底した広告展開があってこそだろう。ウェブCMだけでなく、雑誌に記事の掲載を依頼し駅広告まで出すという、のっけから社運を賭けたプロモーションに大金を費やした。勝算はあったがその効果は絶大で、メイン製品として『サンダーソニア』の名を一気に押し上げて今日に至る。

仕事に明け暮れる傍ら、陽菜の動向を追うことも怠らなかった。大学卒業後、専門学校に進むことはなく、叔母の店を手伝っていると知って、何度か店の前まで赴いたこともある。だが、まだ胸を張って彼女の前に現れる自信がなかった。

そのうち叔母の店の業績が悪化しているとわかって気になっていたところ、陽菜に縁談話が出ていると知り、陽菜に会う決心をした。

他の男に渡せるはずがない、なんとしても陽菜を攫う、と。

陽菜の気持ちがまだ自分にあり、プロポーズを受けてくれたことに、大智は有頂天の三日間を過ごした。亡き父に軽飛行機に乗せてもらう約束をしていて果たせなかったと聞き、それを実現しようと密かに心に決めた。陽菜の驚く顔と、喜ぶ顔が見たい。

それなのに、陽菜は再び大智の前から消えてしまった。心から喜んで受け取ってくれたように見えた婚約指輪を残して――。

ホテルの部屋で大智は誰にも見せられないほど取り乱し、大いに焦った。同時にかつてないほどの独占欲に駆られた。

もう陽菜は俺のものだ。誰にも渡さない。

数日後、大智はアポなしで陽菜の自宅マンションを訪れた。縁談は身売りのようなものだと見抜いていたから、原因を取り除く案をまとめるのに数日かかった。そして、陽菜との結婚を望んでいるのだと率直に伝えた。

もう一度指輪を渡して、いささか強引ながらその日のうちに陽菜を連れ去った。

今度こそ陽菜とずっと一緒に生きていく。

3

出勤する大智を送り出した陽菜は、掃除や洗濯といった家事を片づけると、時間を見計らって叔母のマンションへ向かった。

「ただいま」

「違うでしょ。はるちゃんの家はもうここじゃないのよ」

叔母はそう言いながらも、嬉しそうに陽菜を出迎えてくれた。

突然訪れた大智とともにここを出てしまったので、少しずつ荷物をまとめながら、その間は昼の間だけでも叔母の店を手伝うことになった。陽菜程度でも、急に欠ければ人手が不足してしまう。新しいスタッフの当てもあると言うので、少しの間のことだろう。もちろん大智の了解ももらっている。

「宅配だけで済みそう」

元の自室で段ボール箱に衣類や小物を詰め込んでみると、意外と荷物は少ない。ベッドやドレッサーなどの家具は、元からあったものや叔母から貸してもらっていたものなので、そのまま置いていく。

「新しい人は来週から入ってくれるそうよ」

「よかった、助かるね」

ドア口で作業を見守っていた叔母は、微苦笑を浮かべた。

「なんだかあっという間に決まっちゃって——ああ、例の縁談相手には断りの連絡をしたから、心配しないで」

「ごめんね、振り回しちゃって。それに、なんのお返しもできないまま家を出ちゃって……ずっと見守っていてくれたのに」

梱包《こんぽう》の手を止めて立ち上がった陽菜に、叔母は大きく手を振った。

「なに言ってるの。私だって、はるちゃんと暮らせて楽しかったわ。離れるっていったって、お嫁に行くんだもの。こんなに嬉しいことはないわよ」

叔母は陽菜の手を握って、励ますように揺らした。

「幸せになって。もしなにかあったら、いつでも連絡してね。私ははるちゃんの味方だから」

「ありがとう……お世話になりました」

こんなふうに行き来ができる距離だし、叔母の店と大智の会社が業務で関わるなら、縁遠くなることもないだろう。

両親の位牌《いはい》は、当分このまま叔母に預かっていてもらうことになった。大智は引っ越す気満々なので、落ち着いてから引き取る予定だ。

叔母の店を手伝ってから、食材の買い物をして帰宅した。

今日はアジの梅シソ挟み焼にしよう。和食系がいいって言ってたもんね。

新鮮なアジが手に入ってよかった。三枚におろすくらいなら、板場を見ていたので陽菜にもできる。それに板長の橋田《はしだ》がランチの小鉢の残りを持たせてくれたので、副菜はプロの味だ。

洗濯物を片づけてから、間を置かずに調理に取りかかった。一緒に暮らし始めて数日だが、大智の帰宅時間は思ったより早い。ＩＴ系企業というと、毎日深夜を過ぎるまで、場合によっては泊まり込みをするようなイメージだった。

それを言うと、大智はおかしそうに笑った。

『新作の配信直前には、そういうチームもあるけどね。俺は開発には直接関わってないから、ふつうの会社員とそう変わらないよ。職場も近いし。それに今は、一刻も早く帰りたいと思ってるから』

アジのアラで出汁《だし》を取り、味噌汁《みそしる》も仕上げたところで、玄関のドアが開く音がした。陽菜は急ぎそちらへ向かう。

「おかえりなさい」

大智は陽菜を見て、眩しそうに目を細めた。

「ただいま。陽菜が出迎えてくれるのにまだ慣れないな。毎日、幻かと思うよ」

「なにを言ってるの。お疲れさまでした」

「うん。これお土産」

手渡された箱はパティスリーのもののようだが、ケーキにしては重い。

「えっ、今日も？　ありがとう。プリンかな？　ゼリー？」

「瓶入りのケーキ。ＳＮＳとかでよくアップされてるだろ」

「ああ、あれ！　可愛いよね」

「うちでコラボしたから、その商品」

飲食店とのコラボは経験済みのようで、叔母の店の件も安心して任せられそうだ。

「わあ、楽しみ――だけど、毎日だと太っちゃうかも」

「それは俺の台詞《せりふ》だ。陽菜が作ってくれる夕飯が美味くて、毎晩満腹だよ。朝だって今までコーヒーだけだったのに、不思議と食べられるからなあ。で、今日のメニューはなに？　すごくいい匂いがするけど」

「今日はね――」

夕食の後でリビングのソファに移動し、ケーキの箱を開けた陽菜は歓声を上げた。

「可愛い！　それに美味しそう」

横から見ると、白い生クリームを背景に、スズランのような花が浮かび上がっている。花はマンゴーのようでオレンジ色だ。葉の緑はなんだろう。

「……サンダーソニアだ」

「正解。ちょっと苦しいか。でも、ずいぶん頑張ってくれたんだよ。ほら、ロゴマークはこれだから」

大智はスマートフォンで画像を見せてくれたが、陽菜もそのくらいは見覚えがある。マークと見比べれば、たしかになかなかの再現度だ。

崩してしまうのがもったいないと思いながらも、食べ始めると勢いがついてしまう。

「あ、そう言えば——ホテルでシャンパンと一緒に花が飾られてたでしょ。サンダーソニアなんて珍しいと思ったけど、大智がリクエストしたの？」

「気がついてたのか。でも会社には結びつかなかった、と」

「それは無理だよー。私なんか超がつくライトユーザーだし、『サンダー』を作った会社の名前と同じなんて、とっさに思い浮かばなかった」

言いわけめいてしまったけれど、大智は特に不満そうでもなく、軽く頷いている。

「花言葉は知ってる？」

大智の問いに陽菜は頭を抱えた。フラワーコーディネーターを目指す者として、正解を出さないわけにはいかない。

「うわー、花ごとにいろいろあるんだよね。できるだけ覚えるようにしてるんだけど。たしか……望郷、愛嬌《あいきょう》——」

「祈り」

「そうだ。別名がクリスマスベルだから」

「陽菜との再会を祈って興した会社だからな」

とりとめのない会話のつもりが、ふいにそう言われて、陽菜は手を止めて大智を見つめた。

……こんなに愛されてる。幸せすぎて、胸が苦しいくらい……。

二度目のプロポーズのときの違和感は、まったくの勘違いだったのだろう。大智がプライドと意地だけで陽菜を追いかけたなんて。きっと陽菜は嬉しさのあまりどうかしていたのだ。

隣に座る大智の肩にもたれると、大智はそっと唇を寄せてきた。キスはケーキよりも甘く、陽菜を蕩《とろ》けさせた。


翌日、大阪《おおさか》まで出張するという大智と朝食をとっていると、ドアホンが鳴った。こんな時間に誰だろうと思いながら腰を上げようとすると、大智に制される。代わりに立ち上がって、「いいって言ったのに」と呟きながらモニターに向かった。

「ああ、おはよう。起きてるよ。でもまだ食事中だ。上がって待っててくれ」

えっ？　上がる？　入ってくるの？　誰が……。

狼狽える陽菜を振り返った大智は、少し困ったように眉尻を下げた。

「同行する秘書の脇坂《わきさか》だよ。以前、寝坊して電車に乗り遅れそうになってから、出張のときは必ず迎えに来るんだ。陽菜がいるから、もう心配ないって言ったんだけどな」

「あ、そうなの――って、私いてもいいのかな？」

「なに言ってるんだ」

大智は玄関に向かいかけた足を戻して、ダイニングテーブルに近づき、陽菜の肩に手をかけた。

「きみは俺の妻になるんだから、もちろん紹介しておく」

その言葉に胸がときめく。フィアンセとして紹介されるのは初めてのことだ。

あ、もうちょっと可愛いエプロンを着けてればよかった。メイクはざっとだけれどしてあるし
――そんなことより飲み物！　コーヒーでいいかな？

陽菜がキッチンカウンターに移動してあたふたしていると、大智ともうひとりの男性の会話が聞こえてきた。

「本当にもうだいじょうぶだって。信用ないんだな」

「いいえ、これが私の仕事ですから」

陽菜はカップを用意する手を止めて、リビングへ駆けつける。

「おはようございます、いらっしゃいませ。結城陽菜と申します、初めまして」

頭を下げてから改めて確認すると、中肉中背ですっきりとした顔立ちに銀縁の眼鏡《めがね》をかけた男

性が、大智の一歩後ろに立っていた。レジメンタルタイに濃紺のスーツと、銀行マンのような雰囲気だ。

陽菜を見る目がすうっと細められる。

「……本当だったんですね」

「……あれ？　なにが？　ていうか、あまり友好的じゃない？

「秘書の脇坂佳史《よしふみ》。俺よりみっつ上だけど、よく働いてくれてる有能な秘書だよ。脇坂、彼女が陽菜。少し前からここで一緒に住んでる」

「初めまして、脇坂です。早朝からおじゃましまして、申しわけありません」

きっちりと一礼した脇坂に、陽菜は我に返ってソファを勧めた。

「どうぞ、こちらでお待ちください。コーヒーでよろしいですか？」

「おかまいなく」

食い気味に辞退されてしまったが、なにも出さないわけにもいかないので、陽菜はキッチンへ踵を返した。

「陽菜、ごちそうさま。俺は着替えてくるから、ちょっと相手しててくれ」

大智はそんな言葉を投げかけて、リビングを出ていってしまう。

ええ、この人とふたりきり？　気まずいんですけど。

あたふたとコーヒーを注いでいると、

「クロワッサンにベーコンエッグですか」

突然近くから聞こえた声に、陽菜は顔を上げた。いつの間にか脇坂がダイニングテーブルを覗き込んでいる。

な、なに？　この人……。

空になっている大智のグラスを手にして顔を近づけ、すん、と匂いを嗅ぐ脇坂に、陽菜は固まった。

「スムージーはバナナ、リンゴ、ハチミツと……小松菜かな？　たしかにサラダよりは手っ取り早く摂取できますね」

ビンゴだし！　何者なの⁉

「……あ、あの、よろしければ脇坂さんも召し上がりませんか？」

ドン引きしそうになる自分を叱咤して、陽菜は引きつった笑顔を向けたが、脇坂はさっと片手を上げて背を向ける。

「いいえ、けっこうです。朝食は済ませてきました。どんなものを食べさせられているのか、確認したかっただけです。健康第一ですから」

「はあ……」

つまり、陽菜がちゃんと料理をしているかどうかチェックしたということだろうか。それは秘書の業務の範疇《はんちゅう》なのだろうかと思いもするけれど、それくらい大智を気にかけていてくれるのだと考えよう。

気を取り直して、リビングのテーブルにコーヒーを置く。その味にも一家言《いっかげん》あるかと身構えたが、脇坂はひと口啜《すす》って頷いただけだった。しかし陽菜を見上げた視線は鋭い。

「休暇をもぎ取った理由があなたを迎えに行くことだと聞いたときには、なにを酔狂なことをと、正直呆れました。だってそうでしょう？　あなたに妻としての価値がありますか？　どうしてあなたなんでしょうね？」

率直すぎる感想に、陽菜は目を瞠る。

「思い当たるとしたら、学生時代のことでしょうか。社長はプライドの高い人ですから、あなたを手に入れられなかったことが挫折《ざせつ》のような形で残り、それを克服すべきことと思い込んでしまったのかもしれません」

どこまで陽菜のことを調べたのだろうと愕然《がくぜん》としながらも、陽菜自身が大智との再会で疑問を抱いていた点を鋭く抉《えぐ》られた気がして、思わず胸を押さえた。脇坂はそんな陽菜を一瞥《いちべつ》して、膝の上で両手の指を組んだ。

「結婚そのものを反対するつもりはありません。私にはその権利もありませんし。しかし当社はまだまだ発展の可能性があります。実際、今期の収益も大幅にアップするでしょう。開発チームの能力ももちろんですが、それ以上に社長の経営センスによるところが大きい」

つまるところ脇坂はなにが言いたいのだろう。陽菜は大智にふさわしくないと、そういうことだろうか。

「秘書として申し上げたいのは、社長の足を引っ張るようなことは、公私ともに慎んでいただきたいということです」

足を引っ張るもなにも、大智と陽菜が婚約したことは、まだほとんどの人が知らないはずだ。脇坂に釘《くぎ》を刺されるような失態もないはずで——。

「……あの、それはどういう——」

「社長夫人としてふさわしくふるまい、私生活も完璧にサポートしてください。いずれ妻としてあなたも注目されることになります。カリスマ社長がどんな女性を選んだのか——経歴を根掘り葉掘り聞かれることもあるでしょうね。それ相応の地位や資産がある令嬢を娶《めと》ればスルーされたところを……」

ため息をつく脇坂に、陽菜は胸が冷える思いだった。太刀川家と比べればたしかに自分は庶民だし、両親もすでに亡《な》い。身ひとつで大智のところに来たようなものだ。今をときめく若手社長の妻にふさわしいと、世間が思うかどうかは疑問だった。

「まあ、コーヒーの淹れ方は社長の好みに近いと思いますよ」

ショックが大きすぎて、褒められてもフォローにもならない。というか、山積みの宿題を出された気分だ。それも陽菜にはかなり難題の。

「お待たせ——ん？　どうした、顔色が悪いな」

スーツに着替えてリビングに戻ってきた大智は、立ち尽くす陽菜の前に歩み寄って、頬に手を添えた。脇坂の咳払《せきばら》いに、陽菜はその手を押し返した。

「そんなことないよ、光の加減じゃない？　それより大智こそ気をつけていってらっしゃい」

微笑んでみせると、ようやく大智も頷く。

「うん、行ってくる。お土産買ってくるよ」

「コーヒーをごちそうさまでした」

なにくわぬ顔で立ち上がり、大智に続く脇坂に、陽菜は極力冷静を心がけて一礼した。

ふたりを玄関で見送ってドアを閉めると、そのまま壁にもたれて息をついてしまう。

脇坂さんに嫌われてるのかな……。

大智は彼の秘書としての能力を買って、信頼しているようだ。初対面の相手にはっきり言いすぎるきらいはあるけれど、内容は間違っていない——と思う。

ううん、私が甘く考えてたんだ。それに、浮かれてた。

大智の妻になるということは、『サンダーソニア』の社長夫人になることでもある。その肩書でこれから紹介されることも多いだろうし、中には陽菜の出自を詮索して評価する人だっているだろう。

忠告してくれたんだと思おう。

金曜日の夜は外食に誘われ、陽菜は仕事帰りの大智と、六本木の複合ビルのカフェで待ち合わせた。

大智いわく、五年分の空白を埋めていくのだそうだ。明日と明後日の外出プランも、すでに聞かされている。

それはそうと二度目のプロポーズ後、初めてのデートだ。否が応でも気合が入ってしまう。

叔母のマンションから持ってきた服は、すでに共用のウォークインクローゼットに収まっていたけれど、彼の提案したデートコースに着ていくにはどれもピンとこなかった。そもそも陽菜は服飾費をかけないほうなのだ。服飾費というより衣料費だ。

脇坂さんにも大智にふさわしくって言われたし、ここはちゃんと決めていかないと。

ホテルで過ごした間に大智が買ってくれた服がいちばんいい。ふわりと膨らんだ五分袖のブラウスに、ボタニカル柄のフレアパンツを合わせて、靴は華奢《きゃしゃ》なメッシュサンダルを選んだ。

テラス席で道を行き交う人を眺めていると、場所柄かおしゃれな人が多いなと思う。なんだか場違いな気がしてきた。

「陽菜さん――」

ふいに背後から声をかけられ、その声が忘れもしない相手のものだったので、陽菜はびくりとして振り返った。やはりそこに立っていたのは脇坂で、陽菜は慌てて立ち上がった。

「あっ……、先日はどうも――」

「こちらこそおじゃましました。社長の来客の滞在時間が長引いていまして、それをお伝えしに伺いました」

「あ、そうですか……わざわざありがとうございます」

それならメッセージのひと言でも送ってくれればよかったのに、と思ったけれど、接客中ならできないのだろうと考え直す。

「なにかお飲みになりますか？」

「いいえ、すぐに戻ります」

それにしても、陽菜とここで待ち合わせていることも脇坂に筒抜けなのか。秘書というのは、そこまで把握しているものなのだろうか。そんなことを思っていると、脇坂の視線が注がれているのに気づき、陽菜はなにを言われるのかと身構える。

ひととおりチェックを済ませたらしい脇坂が、口元だけで笑う。

「いいチョイスですが、着られている感が否めませんね」

……そうでしょうとも。こんな高い服、着たことありませんでしたから。ついでに言えば、選んだのは大智だし。

内心は大いに乱れていたけれど、どうにか平静を保っていると、

「社長の隣に並ぶなら、そんなことでは困ります。もっと自信を持ってください。姿勢ひとつでも印象が変わるはずです。それでは――」

脇坂はそう告げて踵を返した。

人に言うくらいだから脇坂の背中は美しく、その後姿を見送りながら、陽菜は椅子に座り込んだ。

姿勢、かぁ……考えたこともなかったな。

むしろ胸を目立たせまいと、どちらかと言えば猫背気味になりがちだったかもしれない。今後は意識するようにしよう。

「ごめん、お待たせ」

肩に手を置かれ、考え込んでいた陽菜ははっとして振り返った。出かけるときに姿を見ているのに、思わず見惚れてしまうくらい大智はかっこよかった。ブルーグレーのスーツに、ドット柄のネクタイが爽やかだ。

「予約の時間にはまだあるから、ちょっとその辺を見て回ろうか」

促されるままにカフェを後にしたが、大智が有名宝飾店の中に入っていこうとして、陽菜は足を止める。

「ねえ、大智。ここは……入らなくていいんじゃない？」

見て回る程度で入っていい店ではない。いや、いいのだろうけれど、陽菜は客としてふさわしくない。つい今しがた、脇坂に打ちのめされたばかりだ。

「時間つぶしにちょうどいいだろ？　気に入ったものがあれば買えばいいし」

「そう簡単に言わないで」

「買っても揺らぐような懐《ふところ》じゃないんだけどな」

苦笑されて、陽菜ははっとした。

そうだ。陽菜自身はぱっとしなくても、夫となる大智は気鋭の若き実業家なのだ。その立場にふさわしい妻となることも、陽菜に課せられているはずだ。偶然誰と会うかもわからないのだから、連れ歩いて恥ずかしい妻であってはならない。

それでも大智の陰に隠れるようにして入店した陽菜だったが、目にも眩しいジュエリーの数々を見るうちに、その輝きに魅了されていった。

「これ、どう？」

大智が示したのは、ひと粒ダイヤがプラチナのチェーンに繋がったネックレスだった。ゴージャスなアイテムばかり目にしていたので、シンプルで控えめなそれにほっとする。

これならカジュアルにつけられそう。ダイヤは大きめだけど。

「すてきね」

「じゃあ、これをプレゼントさせてくれ」

「えっ、ちょっと待って。少し考えてからのほうが……日を改めてとか」

実際に買おうとされると焦ってしまい、陽菜はなんとか思いとどまってくれるように願った。

大智にとって痛くない出費だとしても、世間的には高額の商品だ。

「もうずいぶん考えたんだよ。きみの二十歳の誕生日にプレゼントしたいと思ってたんだから」

「あ――」

空白を埋めると言っていた大智の言葉には、そういう意味も含まれているのか。毎年バースデープレゼントを考えていてくれたのかもしれないと思ったら、胸が痛くなる。

大智の気持ちに応えるためにも、このネックレスは買ってもらおう。自分の物差しで頑なに固辞して、これまで何度大智をがっかりさせてしまったことかと思い当たる。心から喜んで感謝するのが、陽菜のすべきことだ。

「……ありがとう。試着させてもらえるかな?」

「もちろんだよ。すみません、このネックレスを――」

ダイヤモンドに存在感があるので、シンプルだけれどカジュアルではなく、むしろ程よくエレガントだった。そのまま身につけて店を出て、予約のイタリアンレストランに着くまで、大智と腕を組んで歩いた。エンゲージリングとネックレスが少しだけ陽菜に自信をくれて、大智と並ぶことに楽しさを感じた。

「今日で店の手伝いは終わりだろう? お疲れさま」

ワインで乾杯して、大智からの労いに陽菜は頭を下げた。

「ありがとう。これからは家事も完璧にするね」

「それは嬉しいけど、好きなようにしていいよ。家事だけじゃ時間を持て余すだろ？　俺も極力休みは確保するつもりだけど、早く帰れないこともあるし」

「それは全然かまわないの。仕事だもの」

大智が快適に過ごし仕事に専念できるようサポートをするのが、妻となる陽菜の務めだ。

「エステとかスポーツジムとか、どうだ？」

「うーん……」

施術とはいえあまり他人に触られたくないし、運動もそれほど好きではないので迷う答えになってしまった。しかし、大智に釣り合うにはそれぐらいは必要なのかもしれない。

ていうか今の私じゃ、まだまだの見た目だものね。

「うん、探してみる」

「取引先のツテもあるから、必要なときはいつでも相談してくれ。明日は買い物に行こう」

「買い物？　さっきこれを買ってもらったばかりだよ？」

狼狽える陽菜に、大智は首を振った。

「五年分のプールがある。服とか靴とか、あってもいいだろ？　渡せなかった誕生日プレゼントとクリスマスプレゼント、つきあい始めて周年のプレゼント、全部渡したいくらいなんだ。それに今日の陽菜を見て、着飾らせ甲斐があると思ったんだ。まあ、半分俺の楽しみだと思って」

そう言われると、我を通すのも可愛くない気がする。それよりも、本心から褒めてくれているのだろうか。たしかに出かける前に鏡でチェックして、まんざらでもないと思ったけれど、外に出ればきれいな人はいくらでもいて、圧倒されていたのだ。なにより脇坂のコメントが胸に刺さっている。

「どうした？　おでこにしわが寄ってる」

「ちゃんとおしゃれしたら、もっと見られるようになるかな？」

真剣に訊いたつもりだったのに、大智は小さく吹き出した。

「なにを言うかと思えば……俺にとっては、陽菜が世界でいちばんの美人だよ」

そっ……そういうことを真顔で言わないでほしい。いや、お世辞でも嬉しいけど……すごく嬉しいけど。

「……ありがと。本心からそう言ってもらえるように頑張る……」

「本心なんだけどなあ」

大智は苦笑してグラスを口に運んだ。

そう言えば、大智は人を褒めることに言葉を惜しまないタイプだった。学生時代にサークルで、この人はこんな目線で相手を見て美点を見出すのだと、感心したのを思い出す。

決してお世辞は使わず、ストレートに言葉にする。自分のプライドはあるけれど、自分より優れていると思えば、素直に称賛した。簡単なようだけれど、自尊心や対抗意識などがじゃまして言えないことだってあるだろう。陽菜だって心当たりがある。

そういうところを見るうちに、大智への好意が深まっていったのだ。

褒められれば人は嬉しいものだし、褒めてくれた相手にも好感を持つ。大智の周りには人が集まり、和気藹々《わきあいあい》としていた。そんな自然な求心力が、ビジネスの才能にも発揮されているのだろう。

いずれにしても大智にとっていちばんの美人でいるために、エステでもスポーツジムでもチャレンジすることにしようと、陽菜は心に決めた。

食事の後は、路地裏にひっそりと構えたバーに寄って、小一時間ほどウィスキーと雰囲気を楽しんだ。

夜風を感じながら、歩いて帰路につく。マンションまではちょうどいい散歩の距離だ。

腕を組んで歩きながら、これから同じ場所に帰れるのを嬉しく思う。学生時代のデートは、アルバイトに入る時間や帰宅時間をつねに気にしていた。今は寝ている間も一緒なのだ。

「それってすごいことだと思わない？」

「夫婦になるんだから、当たり前だろ。てことは、引っ越しても同じベッドで寝てくれるんだな？まあ、陽菜用のベッドなんて端から買う気はないけど」

陽菜は大智の腕にぎゅっとしがみついた。

好きな人と一緒にいられるって、こんなに幸せなんだな。

翌日の買い物はなかなかすごかった。大智の気持ちに甘えつつも無駄なものだけは買うまいと、初めは真剣に吟味していた陽菜だが、途中から目移りしてしまって思考がショートしてしまい、大智の意見に従う結果となった。

だいたい何軒回ったのだろう。フォーマルっぽいスーツや、バッグや靴も選んだから、総アイテム数は不明だ。

帰宅したときはぐったりしてしまって、大智は気をつかってデリバリーのカレーを頼んでくれた。

「不覚……ちゃんと作るつもりだったのに。ごめんね、ありがとう」

「まあまあ。疲れたときは休んでいいんだよ。こういうのも悪くないだろ？」

「美味しいです、とっても。チーズナン最高」

「そこはカレーと言ってほしい」

家事には思いやりを示してくれた大智だが、ベッドに横たわると陽菜の身体に手を伸ばしてきた。

「中途半端な疲れは眠りが浅くなるから、いっそもっと動いたほうがいい」

とかなんとか言っていたけれど、大智に求められるのは嬉しくて、最後にはそれこそ指先も動かせないくらい励んでしまったのだった。

目が覚めたときにはとうに朝日も上っていて、平日なら大智を送り出す時間だと、陽菜は慌てて寝室を飛び出した。

……あれ？　そう言えば大智がいなかったよね？　もう起きてるの？　まずい……！

リビングに入るといい香りがして、その匂いに誘われるように視線を向けると、キッチンのカウンターで、大智がハンドドリップでコーヒーを淹れていた。Tシャツにコットンのオープンシャツを羽織り、細身のカーゴパンツを身に着けている。

ラフなのもカッコいいなあ……いやいや、それよりも！

「お、起きたか。おはよう」

「おはよう！　ごめんね！　寝坊した！」

パジャマのままで謝りながら駆け寄ると、大智はカップを渡してくれた。

「まあ座って。トースト食べるだろ？」

「私がやるよ――って、大智はもう食べちゃった？」

身ぶりで陽菜を制してダイニングのチェアに座らせた大智は、トースターにパンを放り込んだ。厚切りが二枚。

「いや、待ってた。心配しなくても、トーストくらい焼けるって。一応独り暮らし歴十年になるんだから」

「そうだよね──あ、美味しい。ハンドドリップなんてできるんだ」

キッチンにはコーヒーメーカーがあって、使われているようだったから、陽菜も毎朝そうしていた。それに関して、大智がなにか言ったことはない。脇坂は大智の好みだと言っていたけれど、彼が用意していた豆なのだから当然だろう。

「休みの日くらいだな。バリスタじゃないから、機械と比べても大して変わらないし。気分的にゆったりするくらいだね」

それはなんとなくわかる気がする。時間と気持ちに余裕がないと、手動で淹れようとは思わないだろう。

「でも本当に美味しいよ」

「酸味が少ないほうが好きみたいだからさ、そんな豆を選んでみた」

「豆……？　他にもあったの？　私、毎日そこにあるのを使ってた」

「少量ずつ買ってある。なくなったら他のを使えばいいんじゃないか？　あ、もういいかな」

タイマーが切れる前に、大智はトースターからパンを取り出し、皿に載せて陽菜の前に置いてくれた。こんがりときつね色で、食欲が湧いてくる。

「バラジャム、まだあるよ」

ロゼカラーのジャムが詰まった瓶とバターが添えられて、陽菜は笑顔になって両手を合わせた。

「いただきます」

向かい側に座った大智は、カップを手に陽菜の顔を覗き込む。

「食欲があるってことは、二日酔いもないみたいだな。なにより」

昨夜のカレーの後で、少し飲もうかということになり、ワインセラーを覗いた。陽菜はまったく詳しくないので、そこにワインセラーがあることは知っていたけれど、開けてみることもなかった。温度管理されているのだから、むやみに手を出すのはちょっと怖かった。

大智は一本ずつ出しながら説明してくれて、その中の一本が陽菜の生まれ年のワインだと教えてくれた。その年は、ブルゴーニュワインの当たり年だったらしい。

開けようかと言われたけれど、二十年以上経つワインなんて絶対高いに決まっている。丁重にお断りして、他の飲みごろのものを開けてもらったところ、偶然にも陽菜の口に合い、ふたりで一本空けてしまった。半分とまではいかなくても、けっこう飲んだと思う。

「全然平気」

気づかってくれてるんだ。優しいな。

今日のスケジュールは海岸方面へドライブだという。

「海岸……方面？」

「海じゃなくて、その近くをブラブラしよう。海鮮丼と、水族館がメイン」

北関東まで足を延ばし、漁港近くの店で昼食をとった。

「美味しいー！　これでこの値段？」

マグロは赤身、中トロ、大トロと揃い、透き通るようなイカ、ボタンエビ、旬のアジやイサキも載っている。豪勢さを演出するウニやイクラもこぼれんばかりだ。

小声で耳打ちした陽菜に、大智も丼を頬張りながら頷いた。

「当たりだな。都内じゃ絶対無理だ。陽菜は高いものよりお買い得のものを喜ぶよな」

セットの味噌汁も唸る美味しさで、大満足の食事だった。

水族館は近年リニューアルしたとかで、大水槽の中を群れをなして泳ぐイワシが圧巻だ。

「すごい……生きてる」

「おかしな感動をするなよ。これは食用じゃない。ていうか、陽菜は山派か？　あまり海とか行かない？」

「海とかプールとか、水着になるのはちょっと……」

自意識過剰と言われようと、人目が気になって落ち着かないのだ。

「あ、そうか。そうだな、他人に見せてやる必要はない」

力いっぱい同意する大智がおかしくて、陽菜は笑顔のままコースを回った。

「慣れてないせいか、海の生き物ってちょっと怖いかも」

「たしかに別世界に生きてる感じはあるな。哺乳類《ほにゅうるい》は平気か？　動物園とか」

「好きだよ。あ、でも水族館も苦手とかじゃないから」

せっかく連れてきてくれたのに、乗り気じゃないと思われるのは不本意だ。フグとか可愛いし。

「犬や猫は？」

「大好き！　飼ったことないけど。大智は？」

「昔、ゴールデンレトリバーがいたよ」

「すごーい！　いいなー」

大学時代の交際期間は一年以上あったのに、知らないことがずいぶんあったんだなと思う。初めての恋で、今を過ごすことに精いっぱいだったのかもしれない。でもこれからもっと深く大智を知っていけることが嬉しい。

「庭のある家に引っ越したら飼えるな。とりあえずここにいる哺乳類を見ていくか」

哺乳類が水族館にいるの……？

ドーム型の屋根を持つ屋外スペースには、大きくて深い透明なプールがあって、そこでイルカやシャチのショーが行われていた。

「シャチってあんな大きいの!?」

人間よりはるかに大きな生き物が素早く水中を泳ぎ回り、ジャンプして豪快《ごうかい》な水しぶきを上げる。ビニールシートを渡されていてもほとんど役に立たず、かなり濡れてしまったが、童心に返ったように笑いはしゃいだ。

観光市場に戻って、どんどんカゴに放り込もうとする大智を制しながら、メニューを考えつつ干物や加工品を買い求めた。

帰りの車の中で、夕食はなににしようかと考える。

「市場で買い物はしたけど、またお魚って感じじゃないよね」

「肉が食いたい」

「お肉あるよ。解凍しなきゃだけど」

大智はハンドルを握りながら、ちらりと陽菜を見た。

「陽菜の料理が食べたくないわけじゃないんだけど、食べて帰らないか？」

帰宅したころにはきっと空腹だろうから、待たせてしまうのも心苦しい。二日続けて料理をしないのは気になったのだが、大智が気づかってくれているのも感じられて、ここは素直に賛成することにした。

「そうだね。なにがいい？　私は焼肉かなー」

「よし、決まり」


言われていたとおり、大智の帰宅時間は徐々に遅くなりつつある。きっとこれまでは陽菜をひとりにしておくのを気にかけていたのだろう。

以前と同じように働いているのなら、それは自分たちの生活が前進したからだと思うことにする。だんだん夫婦の生活ペースが作られているというか。

夫婦と言えば、まだ入籍してないんだよね。

今は婚約者という関係だろうと、いずれ夫婦になるのだから陽菜は気にならない。それより気にしなければならないことは他にある。

大智の家族に挨拶するべきでしょ、絶対。大智は叔母さんに会ってくれたんだもの。

大智は親と縁を切ったと言っていたけれど、そのままではいけないと思う。

家族と二度と会いたくないなんて、そうそうあることではない。当時は意見がぶつかったとしても、次第に気持ちは変化しただろう。大智が立派にやっていると知れば、なおのこと。彼の生き方を認めてだってくれるかもしれない。

週末の夜、陽菜は思いきって大智と話してみた。

「太刀川の家に一度挨拶に行きたいんだけど」

大智はビールのグラスをテーブルに置き、陽菜を見た。微苦笑を浮かべている。

「気にしなくていい。言ったよな？　縁を切ったって」

「でも――」

「家を継がないって決めてそう報告したときから、ずっと会ってない。それで不都合もないんだ、お互いに。会社は弟が継ぐから、俺は必要ない。俺も親を必要としてないし」

そうだろうか。薄い笑みの奥で、寂しさや諦めのようなものが見え隠れしている気がするのは、陽菜の思い込みだろうか。

血を分けた親子なのに、互いを必要としないなんて悲しい。

陽菜のほうが沈んだ顔になっていたらしく、大智は肩に手を乗せてきた。

「結婚するってことは伝えてある。それでいいんだよ」

陽菜は小さく頷いたものの、やはり納得がいかなかった。自分にもう両親がいないから、会いたくても会えないから、そう思ってしまうのだろうか。押しつけてはいけないけれど、大智の言葉が本心でないなら、太刀川家の家族関係を修復する手助けがしたい。

だって私の身内だから、大智は叔母さんの店を助けてくれようとしてるじゃない。

コラボの件も進行しているようだが、運転資金も都合してくれたのだと、昼間叔母から電話があった。

大智が叔母を大事にしてくれるように、陽菜だって大智の家族と関わりたい。大したことはできないだろうけれど、縁あって大智と結婚するのだから、繋がる縁も大切にしたいのだ。

そのためには、まずなにをすればいいのだろう。

「今日も遅くなると思う。起きて待っててくれなくてもいいよ」

朝、玄関まで見送った際、靴を履いた大智はそう言って振り返った。

「夕飯もいらない？」

陽菜の問いに、迷うように目を泳がせる。

「うーん、軽食があれば食べるかも」

「わかった。胃もたれしないようなのを用意しておくね。いってらっしゃい。気をつけて」

「うん、陽菜も」

ドアが閉まると、無意識にため息が洩れた。

本当に最近の大智は忙しい。週の半分は夕食を済ませて帰ってくるし、休日でも数時間外出することがある。

しかし大智の表情に疲れは見えず、むしろ溌溂と充実した毎日を送っているようだ。

せめて家にいられる時間はゆっくりしてほしいと思うのだけれど、

『陽菜と一緒にいるのに、じっとしてなんていられないよ。今日はどうする？　どこへ行きたい？』

そんなふうに家族サービスも怠らない。楽しいけれど、大智にばかり忙しい思いをさせているようで、申しわけない気がする。陽菜の時間を分けてあげたいくらいだ。

増えたひとりの時間を使って、陽菜はヨガのレッスンを始めた。マンション内にフィットネスとトレーニングのスタジオがあって、インストラクターも常駐している。さまざまなレッスンコースも開講しているので、初級のヨガならなんとかなるだろうと思って挑戦している。ちょっと甘く見ていたと、早くも思っているけれど。

しかしそれでも週のうちのほんの数時間が埋まるだけで、暇を持て余すというぜいたくな悩みに直面していた。

玄関のチェストに飾っていた花が、そろそろ下げどきだと気づき、陽菜は花瓶を手にしてキッチンに移動した。

片づけながら、ふと思う。

こんなに時間があるなら、学校に通いたいなあ。

ここ何年か叔母の店のことが気がかりで、自分の目標は横に置いた状態だった。フラワーアレンジメントの教室は続けていたけれど、欠席しがちだったので、ここに移ってくるのを機にいったん辞めていた。再開するにしても、自宅から近い場所にしたいと考えてもいた。

大智は会社を興すにあたり、以前から興味があったIT系の業種を選んだという。

『ああいう仕事をやってみたいな、程度だったけどね。実現しないと思ってたから』

しかし、言ってみれば大智は夢を実現したわけで、そんな大智のそばにいると、自分も夢に向かって再出発したいという気持ちが、身の内に膨れ上がってくる。

もちろん大智の妻として彼に尽くすことが最優先だ。しかし少女のころからの夢を諦めることもできない。

相談してみようかな……大智はだめだって言わないだろうけど、本音はどうかわからないよね。

そもそも専門学校に通ったからといって、仕事に繋がるとは限らない。陽菜に才能があるかどうかは、周りの判断だ。好きだとかなりたいとかだけでできる仕事ではない。

無駄になってしまう可能性もあると自分に言い聞かせても、諦めるという方向にはならなかった。やるだけやってだめだったら、そのときは諦めるけれど。

まずは学費を貯めることから始めるべきだが、今の陽菜には働くよりももっと重要な使命がある。大智の生活を完璧にサポート——という使命が。もちろん大智に快適に過ごしてほしいけれど、脇坂に言われた言葉が心に引っかかっているのも事実だ。

「あーん、これもだけど、大智のお父さんたちのほうも、どうすればいいのかわからないんだよね」

大智の父親は大企業のトップで、いきなり会社に乗り込んでも会えるとは思えない。それなら実家に、と考えて、陽菜は実家の住所を知らないことに気づいた。田園調布《でんえんちょうふ》というふんわりした情報だけだ。

やっぱり最初は大智と一緒に伺うほうがいいよね、印象としても。でも肝心の大智にその気がないわけで——。

まとまらない思考に音《ね》を上げて、陽菜は家事に専念することにした。今の自分が間違いなくやらなければならないことをしなくては。

一心不乱に掃除をして家の中を見渡すと、すっきりした気がする。これまで大智がひとり暮らしをしてきたマンションは、元からきれいに整っているが、きれいすぎてちょっと味気ない。

陽菜が持ち込んだアラビアジャスミンの鉢植えが、少しだけ生活空間をリアルにしている感じだ。

買い物に行って、花も見てこようかな。

そして出先で立ち寄ったフラワーショップに、アルバイトの求人が出ていた。

これって……運命じゃない？


求人を見つけたものの、大智に相談する決心がつかず、また、大智の帰りが遅くてタイミングが合わなかったこともあり、まだ打ち明けていない。ぼやぼやしていると誰かが採用されてしまうと焦った陽菜は、休みの日に話をしようと決めた。

土曜日——大智は昨夜も遅かったので、少しでも長く寝てもらおうと、陽菜は物音を立てないようにしながら洗濯と掃除を済ませた。

ころあいを見て、朝食の準備に取りかかる。ブランチと言っていい時間なので、ホットサンドと温野菜サラダに、粒をたっぷり入れたコーンスープを作った。

コーヒーを用意していると、大智がリビングに入ってきた。

「おはよう。美味そうな匂いがする」

「コンビーフとオニオンのホットサンド」

「おっ、あれか。マスタード多めのやつだろ？」

「よく憶えてるね」

学生時代、陽菜が大智に差し入れた弁当にも登場したメニューだ。

「超美味かった。でもあれ以来だな。やったー！　いただきます」

起き抜けだというのに旺盛な食欲を見せる大智に、少なくとも睡眠不足は解消されたようだと、陽菜はほっとする。

食後の二杯目のコーヒーを飲んでいると、リビングのテーブルで大智のスマートフォンが呼び出し音を響かせた。

大智はダイニングのチェアから立ち上がり、大きな歩幅でリビングに移動する。スマホに手を伸ばし、はっとしたように応答のアイコンをタップした。

「はい、お待たせしました。えっ？　あ、そうですか。だいじょうぶです――」

会話しながらリビングを出ていく。

やがて戻ってきたときには、洗面も着替えも終わっていた。スーツこそ着ていないが、オフィスカジュアルといった出で立ちだ。

「ごめん、ちょっと出てくる。四、五時間で戻れると思う」

「あ……うん、わかった。気をつけていってらっしゃい」

そのまま玄関へ向かう大智を、陽菜は追いかけた。

ドアの前で振り返った大智は困り顔だ。

「本当にすまない」

「嫌だ、気にしないで」

陽菜は笑顔で送り出した。

……うーん、出鼻を挫《くじ》かれた感じ？

まさにアルバイトの件を切り出そうとしていたタイミングだった。しかし、仕事ならしかたがない。

陽菜はダイニングキッチンに戻ってテーブルを片づけた後、しばらくぼんやりした。大智と過ごすと思っていたので、なにをすればいいのか考えてしまう。

とりあえずベッドメイクをしよう。シーツも洗っちゃおうかな。

寝室でリネン類をまとめて洗濯機に放り込み、新しいシーツをかけていると、どこかでスマートフォンが鳴っている。

「え……？　どこ？」

自分の着信音ではないので、大智のものだろう。忘れていってしまったのだろうか。それは大変だ。

ウォークインクローゼットの中で鳴っていると突き止めた陽菜は、慌ててスマートフォンを取り上げた。着替えたときに置き忘れたのだろう。画面には【営業一課】と出ている。忘れたのに気づいた大智が会社からかけてきたのだろうと思い、陽菜は応答をタップした。

「はい、もしもし」

『えっ？　あれ？　あのー、これ太刀川社長の電話ですよね？』

相手は知らない男性の声で、おそらくは社員なのだろうけれど、陽菜は焦った。

「あ、はい。置き忘れて出かけてしまって」

『……あー、はい。そうですか……じゃあ、個人のほうにかけてみます。すみません』

通話が切れて、陽菜はなんとも言えない気分になった。相手はなんだか早々に電話を切りたがっているように感じたのだ。まずいことをしてしまった的な。

電話に出ているのは誰だとも訊かれなかったので、陽菜も自己紹介ができなかったけれど、陽菜の言葉を聞けば同居中のフィアンセだと察しただろうし、挨拶ぐらいはするだろう。

それがなかったということは、大智は社内に結婚の予定などをまだ話していないのだろうか。

……まあ、タイミングってものがあるんだろうけど……。

大智が帰宅したのは、十五時前だった。

「悪かった、せっかくの休みだったのに」

玄関で出迎えるなり、陽菜に頭を下げる。

「ううん、おかえりなさい」

「これ、お土産。早く帰ろうと思って、ぱっと目についたのを買ってきたんだけど」

ケーキの箱は、マンション近くの店のものだ。

「ありがとう。気にしなくていいのに」

「マスカットのタルトだって。新作らしいよ。……どうかした？」

リビングに入ると、大智は首を傾げて陽菜の頬に触れた。

「やっぱり怒ってるよな。放っておいたから」

「そんなことないけど……仕事用のスマホ、置いていったでしょ。鳴ってて、会社からみたいだったから、大智が忘れたのに気がついてかけてきたんだと思って、出ちゃったの」

「えっ……」

件《くだん》のスマートフォンはリビングのテーブルに置いてあるのだが、大智はきょろきょろと辺りを見回しながら、陽菜の顔色を窺《うかが》っているようだ。

「いや……今日は会社じゃなくて、ちょっと別件で……」

ということは、社外での打ち合わせかなにかだったのだろう。急に決まったようだから、電話の相手がそうと知らなくても不思議はない。

「そうだったのね。それで、出かけてるって言ったらすぐに切られちゃって。社員さんだよね？

挨拶もしなくてごめんなさい」

「いや、全然。向こうだって名乗りもしなかったんだろ？　悪いな、会社の連中には、休みでも連絡してかまわないって言ってあるから。それにしても、あいつか。仕事用にもかけたなんて、ひと言も言わないで……」

まずは名乗るように言っておかないとな、と呟きながらも、大智は意味もなく画面をスワイプしている。

なんだか落ち着かないみたいだな。やっぱりちゃんと挨拶もしなかったのがまずかったかな？

大智はスマートフォンを握りしめると、陽菜を見た。

「……実はまだ、陽菜のことを会社で言ってないんだ。知ってるのは脇坂だけ」

え……。

珍しく休暇を取ったり、帰宅時間を早めたりしていたのに？　その理由について、他の社員と話題にすることはなかったのだろうか。

大智なら自分から言って、この先に控えるだろう結婚や引っ越しのスケジュールなども調整しそうな気がするけれど。

そんなことを考えていると、大智が取り繕うように言葉を続けた。

「うちの会社は、よくも悪くも互いの距離が近くてさ。結婚とかもう同居してるとか知ったら、会わせろってうるさいから」

「そうなんだ。それはちょっと緊張するかな」

でも……残念な気もする。大智が脇坂さん以外のどんな人たちと働いて、どんな関係を築いているのか、知りたいな。

それに社員との距離が近いなら、正式に結婚したらやはり顔合わせもするだろうし、家に招いたりすることだってあるかもしれない。早いか遅いかの違いではないだろうか。

まあ大智側のことだから、公表のタイミングは彼に任せることにしよう。紹介してもらうときは、数日前には陽菜に伝えてもらうようにして。

大智がコーヒーを淹れるというので、陽菜はタルトを箱から出して皿に移した。

「きれーい！　色が涼しげでいいね」

半分にカットされたマスカットとクラッシュジュレが載ったタルトは、ディプロマットクリームが程よく濃厚で、生地もサクサクだった。ブラックコーヒーとよく合う。

「それで、なにか相談があるんだろ？　ゆうべ、言ってたよな」

「あ、うん――」

陽菜はフォークを置いて、姿勢を正した。つられたように、大智も陽菜を正面から見る。

「生活のリズムも掴めてきて、やっぱり空いた時間がけっこうあるなって。バイトしてもいいかな？」

「バイト？」

大智は思いもよらないことを聞いたように、目を瞬いた。それはわかる。大智は若くても人気企業の創設者で、それなりの財力もある――のだと思う。こんな豪華なタワーマンション住まいだし、それが趣味なのではないかと思うくらい、陽菜のものを買い揃《そろ》えるのにも躊躇しない。

だから、陽菜自身が稼ぐ必要があるとは思っていないだろう。

「……ええと――」

大智は戸惑ったようにカップを手に取り、しかし飲まずにテーブルに戻した。

「なにか欲しいものがあるのか？　それなら言ってくれれば喜んで買うよ。なかなか欲しがってくれないから、願ってもない機会だ」

「ううん、そういうことじゃないの。フラワーショップで求人が出てたのよ。そこで働きながら、フラワーコーディネートの専門学校に通う資金を貯めたいと思って」

「ああ」

大智は納得したように大きく頷いた。反対しそうな表情ではなくて、陽菜は内心ほっとする。

「バイトなんかしなくても、学費なら出すよ」

しかしそう言われてしまい、陽菜は慌ててかぶりを振った。

「それはいい。自分の夢のためだもの、自分でやりたいの。大智だって誰にも頼らずに夢を叶えたんでしょう？　それを見て、私も頑張りたいと思って。意地を張ってるんじゃないよ？　気持ちはすごくありがたいけど」

そこで言葉を区切ると、大智は温かな眼差しで微笑んでいた。

「もっと甘えてくれてもいいのに……相変わらずだな、陽菜は。でも、それが俺の好きな陽菜だ。真面目でひたむきで」

「そんなこと……大智に迷惑はかけないようにするって約束するから、いい……？」

「気にすることない。俺だって仕事を優先しなきゃならないこともあるし、今日みたいにきみをひとりにしてしまうこともあるし。なにより夢を追いかける陽菜はすてきだ」

またそんなストレートに褒めて……。

大智に褒められるのは嬉しいけれど、調子に乗らないように重々気をつけようと思う。特に自分はまず大智の妻になるのだということを、忘れてはいけない。

「ひとつ気をつけてほしいのは、無理をしないこと。身体を壊したりしたら、本末転倒だからね」

「だいじょうぶだよ、週に数回、短時間のバイトだもの」

「陽菜はすぐに一生懸命になるからな」

大智は笑ってコーヒーを飲み干すと、感慨深そうに頷いた。

「そうか……夢に向かっても再出発なんだな。応援するよ――あ……」

ふと気がついたように、テーブルに身を乗り出す。

「週に数回を短時間じゃ、貯めるのに時間がかからないか？」

「まだ決まったわけじゃないけどね。面接すら申し込んでないし。でも、ちょっと長くなりそうだとは思ってる。専門学校には来年度から行ければいいんだけど」

大智は我が意を得たりというように、にんまりした。

「じゃあさ、ダブルワークしない？」

「ダブルワーク？」

空いた時間に働くことも難色を示されるかと案じていたのに、まさかもっと働けと勧められるとは。

「うん、うちのオフィスに花を飾ってもらう。家の中に花があるようになって気がついたんだけど、けっこう癒やしになるよな。時期によっては追いつめられてる奴もいるから、気分転換になるんじゃないかと思って。今のところ、観葉植物がいくつかあるだけなんだけど、そっちも面倒見てくれたら助かる」

大智の会社で働く――？　会社の仕事とはまったく関係がないけれど、同じ場所で働けて、大智の存在を感じられるのはワクワクする。仕事中の大智を見られるかもしれないし。

「それは、実現するなら願ってもないことだけど」

「きみがいいなら、すぐに話を通すよ。なんか楽しみだなあ。目が届くところにいれば安心だし」

「でも……いいの？　私が会社の中をうろちょろしてても」

まだ公表するつもりがないのに、と言外に匂わせると、大智はすぐに気づいたようで、首を捻った。

あ、でも働いてみたい！　ナシにしたくない。

「とりあえず、無関係ってことでいいんじゃない？　知り合いの知り合いくらいで。それにほら、特別扱いされても仕事がしにくいし。公表のタイミングは大智に任せるから」

そう畳みかけると、大智はどこかほっとしたように頷いた。


『サンダーソニア』のオフィスは、六本木駅近くのビルの中にある。ツーフロアを借りきっていて、総務や経理、営業、企画などの他に、大きく人員を割いているのが開発と呼ばれるアプリやプログラムを制作する部署だ。いくつかのチームに分かれて、仕上げ前には泊まり込みも辞さない状況になるので、彼らのために仮眠室などのスペースも確保されている。

大学院時代に起業したときには、大智を含めてわずか五人だったという。そのひとりの五頭航生という大智の先輩が、開発チームを統括している。メッセージアプリ『サンダー』の生みの親でもある。

陽菜はフラワーショップのアルバイトに採用され、そちらで午前中に主にアレンジメント商品を作成すると、『サンダーソニア』へ行って花を活けた。花材はフラワーショップで購入するので、店にも歓迎されている。

大智は陽菜のことを、知人の妹と社員に紹介した。それ以外は事実のままで、専門学校へ進んで夢を叶える資金を蓄え中という陽菜を、フレンドリーな社員たちは温かく応援してくれている。

ときどきゾンビのような状態の社員と出くわすのにはぎょっとするけれど、彼らもまた自分の夢を叶えようとしているのだと思うと、その後姿を見送りながら拳を握って、胸の中で「ファイト!」と声掛けしてしまう。

大智が陽菜をフィアンセと公表しなかったことは、特に気にしていない。むしろ知られたらなんとなく気まずい。それに社長のフィアンセがアルバイトをしているなんて、この会社は実は業績がヤバいんじゃないか、なんて思われても困る。

仕事上、陽菜はオフィスのあちこちに顔を出すので、そこで大智と顔を合わせることもあった。そして脇坂とも。大智から話が通っているのか、そ知らぬふりだ。

仕事中の大智はきりりとしていて、社員の相談や報告にもよどみなく応え、励ましたりときに叱責したりという姿を見せる。いずれにしても頼もしさを感じさせ、陽菜は気づけば手がお留守になって見惚れていることもあった。

「カッコいいでしょ、うちの社長」

通りかかった女子社員にそう耳打ちされ、陽菜は焦って愛想笑いを返した。

「そうですね……すてきです」

「そうよねー。二十七の若さでこれだけの業績を上げてるんだもの。しかも、これからもどんどん伸びていきそうな手応えを、経理の私でも感じるわ。その上イケメンだし」

そこに外回りから帰社した営業部の女子社員が足を止めて、会話に加わった。

「私なんか社長の顔見たさに転職した口よ。ひと目見たら、今日も頑張ろうって気になれる」

「えー、それだけ？」

「それだけでいいの。推しみたいなもんだから」

「まあね、私らが迫っても脈ナシだろうし」

女子トークに耳を傾けていた陽菜は、ふと気になって訊いてみた。

「え、どうしてですか？　おふたりともすてきなのに」

「あらー、ありがとうハナちゃん」

花を扱っているからか、陽菜は言葉を交わすようになった社員から「ハナちゃん」と呼ばれている。

「私たちはお呼びじゃないのよ。社長の彼女はほら、あの子だから」

彼女——!?

陽菜は驚きながらも、示された方向に目を向けた。そこにいたのは、脇坂の下で秘書を補佐するような業務に就いている篠原《しのはら》紗羽《さわ》だ。初日に訪れた際、最初に紹介された。たしか陽菜と同い年で、超がつくお嬢さま女子大を卒業しているのではなかったか。ふんわりとした雰囲気の癒やし系の美人だ。

しかし、紗羽が大智の彼女？　ここではそれが共通認識なのだろうか。

「紗羽ちゃん、実家も極太だからね」

「社長がやってた大学サークルに、外部から入会したんでしょ。社長目当てで」

あのサークルに紗羽も入会していたのか。しかし陽菜とはここで会ったのが初対面だった。ということは、入れ違いだったのだろう。

「会社にまで追いかけてきたんだもん、もうこれは結婚まで一本道よ」

さすがにふたりの話をそのまま信じる気にはなれなかったけれど、注意して見ていると、たしかに大智のそばに紗羽がいることは多い。都内の外出などは、脇坂の代理で同行することもあるようだ。しかし、それは仕事だからとも言える。

それに帰宅した大智は、陽菜と片ときも離れようとしないくらいで、自宅での自分たちはひと足先に蜜月状態だ。

「陽菜ー、ただいま。会いたかった」

出迎えた玄関先でハグされ、おかえりなさいの挨拶にしては濃厚なキスを交わした後で、陽菜は大智を見上げて笑った。

「今日は会社でも会ったじゃない」

「あれは別。互いに仕事中だっただろう。言葉も交わさなかったじゃないか」

「それは……仕事中だったし」

「なんだか秘密の関係みたいでドキドキするな」

実際、会社では秘密の関係なんだけど。

噂《うわさ》は噂に過ぎないし、大智の愛情も疑っていない。それでもやはり大智が他の女性と親密な関係だと思われるのは、心穏やかではない。

自分で内緒にするって決めたのに、これくらいのことで、なんだかな……。

まさかの嫉妬を経験して、陽菜は戸惑っている。万が一にも大智の目が紗羽に向くようなことになったら嫌だと、ふたりきりの自宅では大智の過剰な愛情表現に対しても、これまでよりも積極的に応じるようになった。愛していると言われれば、自分からも同じ言葉を返すし、ハグにもキスにもしっかり応える。

「すごいな……」

ベッドでもリクエストに応じ、仰向けになった大智の腰に跨《またが》って、乳房を弾ませながら腰を揺らすことも躊躇わない。それで大智が陽菜から目を離さずにいてくれるなら、なんだってしてしまいそうだ。

そのくらい今の陽菜は、大智に執着していた。いや、もっと好きになっていた。

その日、陽菜はオフィスの廊下にある大きな花瓶のそばにワゴンを運び、その場で花を活けていた。

花材はカサブランカを中心とした、花瓶に負けない大ぶりな花を選んだ。使う花の量も多く、バランスを見るのに離れたり、思いきり手を伸ばしたり背伸びをしたりと、かなりの重労働だ。時間もかかる。

うーん……もうちょっと左下、かな……。

カサブランカの位置が気に入らなくて、花瓶のそばに戻って花を引き抜こうとした。しかしすでにかなりの花数が活けてありなかなか抜けない。

そのとき陽菜の手の上に別の手が伸びて、ぐいとカサブランカを引き抜いた。

「あっ……ありがとうございます」

振り返ると、そこにいたのは三十歳前後のひょろりとした男性だった。セルフレームの眼鏡に、ストライプのシャツとグレーのチノーズというラフな服装からして、開発部門の社員だろうか。

その胸元に、カサブランカの花粉がついているのに気づき、陽菜は慌てて指をさした。

「ごめんなさい！　花粉が……」

ユリの花粉は除去して飾ることも多いが、あまりにも鮮やかな色だったので、それもアクセントになるかと思い、そのままで活けていたのだ。

「ん？　ああ——」

片手にカサブランカを持ったまま、反対の手で無造作に花粉を払おうとした男性を、陽菜はシャツを掴んで止める。

「だめです！　落ちなくなっちゃう」

「え？」

花粉が付着した部分をピンと張って、陽菜は状態を確認した。

「あー……乾かしたほうがいいかな。このまま一緒に来てもらっていいですか？」

「えっ？　あっ……」

男性の返事も聞かずに、陽菜はカサブランカを取り上げてワゴンに置くと、シャツを掴んだまま廊下を進んだ。

「洗面所にドライヤーってありましたよね？　仮眠室の近くの」

一輪挿しを飾った際に、見たような憶えがある。

洗面所の鏡の前に男性を立たせると、陽菜は花粉が飛ばない程度の強さでドライヤーを当てた。

「見た目以上にベタベタしてるんで、触ると生地の間に入り込んじゃうんです。染物に使われるくらい色素も強いから、シミになっちゃうし――」

手を動かしながらちらりと見上げると、男性は気まずそうに視線を逸らした。

「……手伝ったつもりが、よけいな手間を増やして申しわけない」

「とんでもない。助けていただいてありがとうございました。それなのに、シミになっちゃったらごめんなさい」

乾かした花粉を、エプロンのポケットから取り出した小さな刷毛《はけ》でそっと払う。白黒のストライプの中で存在を主張していた、濃いオレンジ色が消えた。

そこまでしたところで、男性が一歩身を引いた。

「ありがとう。もうだいじょうぶだ。助かったよ」

「いいえ。でも、うすーく残ってますね。アセトンも有効なので、お洗濯の前に試してみてください」

「やってみるよ。さすがにプロは、そんなことまで知ってるんだな」

男性は感心しながらシャツを整え、処置の間背中に回していたIDカードを胸元に戻した。陽菜は恐縮して両手を振ったが、IDに書かれていた名前を見て目を瞠る。

「いいえ、私なんてまだまだで――えっ、五頭さんですか？　初めまして、ここで花の手入れをさせていただいている結城陽菜と申します」

たびたび大智との会話で名前が上るものの、本人に会ったのはこれが初めてだった。働き始めのころに社内の挨拶回りはしたのだが、五頭は在宅勤務中だったのだ。

立ち上げのメンバーでもあるし、大智はいつも五頭の才能を褒めていたし、会社にとってなくてはならない人材でもある。ヨイショというわけではないけれど、後々のことも考えて、五頭にはいい印象を持っていてほしいと、陽菜は言葉を続けた。

『サンダー』を作った方ですよね。私も愛用しています。パソコンやスマホに弱い私でもサクサク使えて――」

五頭が俯いてスマートウォッチを見たので、陽菜ははっとした。

「すみません、お仕事中ですよね。よけいなおしゃべりをしてごめんなさい。それでなくても時間を取らせてしまったのに」

「いや、そんなことはないけど――」

「あっ、私も途中だった！　では、失礼します」

陽菜は一礼して洗面所を飛び出した。

時間を使ってしまった分、陽菜は巻き気味に残りの仕事をこなした。いつもよりも三十分ほど遅れて作業を済ませ、総務に声をかけてオフィスを出ると、エレベーターホールで五頭と出くわした。

「あ、お疲れさまです。先ほどは失礼しました。お先に――」

一礼してエレベーターのボタンに手を伸ばすと、

「ちょっと待って」

と五頭に呼び止められた。

陽菜は気になって、五頭のシャツに目を向けてしまう。注意して見なければ気づかない程度で、ほっと胸を撫で下ろす。

「よかったらお茶でもどうかと思って」

「——は？　私と、ですか？」

陽菜が訊き返すと、五頭は口元を覆って空咳をした。

「シャツも無事だったし、そのお礼に」

「気にしないでください。雄蕊《おしべ》の処理をしていなかったのは私なので」

「だから軽くお茶だけ——」

「申しわけありません、実はこれから予定があって、遅れそうなので……誘ってくださってありがとうございます。お気持ちだけいただきますね。それじゃ——」

タイミングよくエレベーターのドアが開いたので、陽菜は丁重に辞退しながらも、足早に乗り込んだ。

びっくりした、お茶って……なにを話せばいいの？　気まずいよ、騙《だま》してるようなものだし。

それに、ボロが出ないとも限らないし。

そもそもお茶に誘われるほどのことはしていない。

エレベーターの中で、ＳＮＳのメッセージが着信した。大智からだ。もしかしたら陽菜が会社を出るのを、どこかで見ていたのかもしれない。

実は、今日はディナークルーズに行く予定なのだ。大智の帰宅時間が記された画面を見て、それまでに精いっぱいドレスアップしようと、陽菜はマンションへと急いだ。

オフィスの廊下を、花材を載せたワゴンを押して進んでいた陽菜は、遠くのドアから五頭が出てきたのを見て、慌てて進路を変えた。

「失礼しまーす。グリーンのお手入れをさせていただきます」

総務フロアに入って、開け放たれたドア近くのベンジャミンバロックの前に屈み、鉢から落葉を取り除く。

「ご苦労さま。あら？　今日はちょっと早くない？　いつも花を活けてからよね？」

「ええ、ちょうど廊下から目に入ったので」

近くのデスクでキーボードを叩いていた女子社員の問いに、あまり理由になっていない言葉と愛想笑いを返す。

あれから五頭と顔を合わせるたびに、先日のお礼にとお茶や食事に誘われる。何度も断っているのだから察してくれそうなものだけれど、五頭は他に予定があるという理由以外で断られることはないとでも思っているようだ。

ひょろりとしているがそれなりに容貌も整っていて、清潔感もある。なにより『サンダー』の開発者だから、社の内外を問わず女子人気もあるらしい。

初めは自意識過剰かと気にしないようにしていたが、このしつこさは花粉のお礼のためだけではない気がするのだ。恋愛経験が大智だけの陽菜でもそう感じる。

だから、面倒なことにならないようにしたいのに。

大智にはこの件を打ち明けていない。いらぬ心配をさせるのは不本意だし、過剰に反応されてアルバイトを辞めさせせられたりしたくない。

それに大智と五頭の間が険悪になったりしたら、取り返しがつかない。

というわけで逃げ回る日々に、陽菜は少々疲労気味だ。

大智の姿が見えるところで仕事ができると思って楽しみにしてたのに、なんだか逆に落ち着かないよ。

こんなことではいけない。アルバイトは勉強の場でもあるのだ。周りのことなど気にせず、花を飾ることに集中しなくては。

陽菜は総務フロアを後にして、多目的ルームへ向かった。

そんな名称の空間は社内でいちばん広い。さまざまな形のデスクやチェアが置かれ、雲形テーブルを囲んでミーティング中のグループもあれば、ひとりでマッサージチェアを使っている者もいる。

一角が一段高くなったカーペット敷きになっているので、腹這いでタブレットを操作している者や、クッションを抱えて転寝《ごろね》している者もいた。

グリーンの数も社内でいちばん多く、主に目隠しの役目をしている。陽菜は衝立《ついたて》代わりのポトスタワーの前にワゴンを止めて、まずはここから手入れをすることにした。

葉のボリュームを調整し、剪定《せんてい》分から挿し木にできそうな蔓《つる》があれば、栽培して増やそう――そう考えて鋏《はさみ》を構えた陽菜の目に、ポトスタワーの間から大智の姿が映った。

打ち合わせ中なのか、テーブルを挟んで紗羽と向き合っている。陽菜には聞こえないが、大智が言葉を発し、それに対して紗羽がおかしそうに笑った。

本当にしょっちゅう一緒なんだな……。

疑うとかではなく、単純に寂しいようなつまらないような、そんな気持ちになる。

「大智は無理だよ」

ふいに耳元で囁《ささや》かれ、陽菜は驚いて鋏を取り落としそうになった。振り返ると、そこには五頭がいた。なんだか嫌な笑みを浮かべている。

「なにをおっしゃっているのか……私はべつに――」

陽菜は狼狽えながらも取り繕ったが、五頭は聞いていないのか、視線をポトスタワーの間に向けた。

「自立だとか独立だとかなんのかんの言っても、御曹司なのは変わらない。家の格と釣り合う相手とくっつく。遊び相手ならまだしも、結婚となれば……ね。篠原は興和《こうわ》物産の社長令嬢だから、似合いのカップルだ。御曹司としてのプライドも満足させられる相手だ」

一瞬、叔母の家に陽菜を迎えにきたときの大智の言葉がよぎった。

『いつか見返して連れ戻すんだって、それだけを考えてた』

鵜呑《うの》みにするべきではないとわかっていても聞くに堪えず、陽菜は無言で鋏を動かし始める。

五頭はまだなにか言っていたけれど、聞こえないふりをした。実際、聞きたくないと思えば、耳には入っても意味をなさないものだ。

やがて着信が入ったのか、五頭はスマートフォンを取り出し、応答しながら多目的ルームを出ていった。

ほっとして腕の力を抜くと、無意識のうちに動かした鋏で、ポトスの葉が傷ついているのが目に入った。自己嫌悪を感じながら視線を動かすと、すでに大智と紗羽の姿はなかった。

なにをこんなに動揺しているのだろう。陽菜は大智のことを信じ、その愛も感じているはずだ。大智がプロポーズしてきたのだから、彼と結婚するのは陽菜に決まっている。

しかし陽菜が想像していた以上に大智がモテるのは、オフィスに通うようになってよくわかった。総務や営業の女性社員も本気度はともかく、大智を称賛している。

その中に、あるいは外部にも、大智に対して本気の想いを抱いている誰かがいないとは限らないのだ。紗羽がそうではないと、どうして言えるだろう。

大智にそのつもりがなくても、熱心に口説かれたら——陽菜との結婚が翻ることはなくても、一瞬ふらつくことはあるかもしれない。

……いやだ、そんなの。一瞬でも、大智は誰にも渡したくない。私のだもの。

こんなことを考えたくない。実際になにかが起きたわけでもないのに、想像するだけで自分のどろどろした嫌な面を突きつけられるようだ。

そんな自分は大智にふさわしくないのではないかと思えて、ますます自信がなくなってくる。

こんな陽菜を大智は好きでいてくれるだろうかと、不安になる。

この間まで幸せでいっぱいだったのに、どうしてこんな気持ちになっているのだろう。


休日の朝、パンケーキの朝食をとっていると、大智がスマートフォンの画面を見せてきた。

「池袋《いけぶくろ》で生け花展やってるって。屋外は暑いから、これ行ってみる?」

「そうだね、勉強になりそう」

そのとき着信があって、画面の下部に発信者名が表示された。篠原紗羽——。

「ちょっとごめん」

大智は席を立ち、リビングに移動しながら話し始める。

篠原さんから電話が……ううん、仕事の話だよね。大智は休みでも連絡してかまわないって言ってあるって、前に言ってたし……。

「えっ、そう？　うん、行くよ。ああ、ありがとう。それじゃ――」

通話はすぐに終わり、大智はスマートフォンを操作しながらダイニングに戻ってきた。

「社外の人間と会うことになった。誘っておいて申しわけないけど、これから出かけてくるよ」

「あ……うん、わかった。大変だね、行ってらっしゃい。私は家でゆっくりしてる」

「それがいい。陽菜は働きすぎだ」

心なしか大智はウキウキしているように見えて、考えすぎだと陽菜は己を諌《いさ》めた。

「そんなことないよ。大智のほうがずっと忙しいじゃない」

食事も着替えも急いで済ませた大智を送り出して、陽菜はのろのろとダイニングテーブルを片づけ始めた。

仕事だって言ってたじゃない。篠原さんが連絡してくるのは、なにもおかしくない。

そう自分に言い聞かせるそばから、本当だろうかと思ってしまう。どうして疑うの、と己を非難し、そんな自分に嫌気が差す。

午後の早い時間に、慌てた様子で帰宅した大智が手土産の水ようかんを手渡してきても、陽菜はいつものように心から喜ぶことができなかった。

いつの間にか叔母の店と大智の会社のコラボが始まっていた。内容は、『サンダー』新規登録者に抽選でディナーやランチの招待券、『とりはね』のホームページに『サンダー』経由で予約すると、来店時に『サンダー』のマスコットキャラクターのコラボオリジナルアイテムがプレゼント、などだ。

「今日のランチは、予約だけで満席だったって。短期間で準備してもらってありがたいって、叔母さんから」

帰宅した大智に叔母から電話があったと報告すると、笑顔が返ってきた。

「ターゲットを若者寄りにしたから、単価はそうでもないかもしれないけど、彼らのSNSでの口コミや拡散は侮れないからね。順調に滑り出したようでよかったよ」

企画にかかる経費も大智が負担してくれたのだと、叔母は感謝していた。

「久々に忙しくなって、目が回るようだって。それでも嬉しそうな声だったよ」

「それなら、陽菜も手伝ってあげれば？　いや、以前のようには無理だろうから、開店前に花を活けるとか。この間の展覧会を見て、和風も勉強したいって言ってたじゃないか」

休日、突然仕事が入って、一緒に行くつもりになっていた生け花展がキャンセルになったと思いきや、けっきょく急ぎ帰宅した大智と見に行けたのだ。

『陽菜と約束したことを反故《ほご》にするなんて、自分が許せないからね』

大智はそう言っていたけれど、仕事を優先するのは当然のことで、不満に思うことなんてない。

それでも、ちゃんと陽菜をフォローしてくれる優しさが嬉しかった。

今の言葉も、きっと陽菜が叔母の様子を自分の目で確かめたいと思っているのを察して、水を向けてくれたのだろう。陽菜はありがたく勧めに従うことにした。


「おはよう。本当に来てくれたの？　助かるわ」

花を抱えて開店準備中の『とりはね』を訪れると、まだTシャツにデニムという軽装の叔母が、嬉しそうに陽菜を歓迎してくれた。

「叔母さん、若返ったんじゃない？　なんだかきれい」

「きれいなのは元からなの。ああでも、お手入れする暇もなくてっていうか、夜も大忙しでね。帰ったらもうバタンキューよ」

古い言い回しに忍び笑いを洩らしながらも、張りきっている様子に安堵した。

「あ、橋田さんももう来てるのね。おはようございます、お疲れさまです」

板場の入り口の暖簾《のれん》を上げて挨拶すると、出汁を取っていた板長の橋田が顔を上げて、驚いたような表情になる。

「おっ、陽菜ちゃん。少し見ない間に、また美人になったなあ」

「血筋よ。なんたって私の姪《めい》ですから」

レジ周りを拭き掃除する叔母が声を張り上げて、陽菜と橋田は顔を見合わせて笑った。

橋田は若手のころに叔母が他店から引き抜き、以来ここに勤めている。数年前に先代板長が腰痛を患って引退し、板長を引き継いだ。

『若いけど腕とセンスはたしかよ』

叔母はそう言っていたけれど、橋田とは五歳も違わないのではないだろうか。

「――はい、できました。化粧室ももうやってあるから」

最後に入り口の花台の大物を仕上げて、陽菜は数歩下がって出来栄えを確認した。

「あら、すてき。へえ、ヒマワリもこんなふうだと和テイストね」

「生け花展で、ヒマワリを使ってるのがあったから。生け花も習いたいなって思っちゃった。まずは専門学校を目指すけど」

叔母は陽菜をちらりと見て、頬に手を当てる。

「太刀川さんが賛成してくれてるなら勉強もけっこうだけど、まずは太刀川さんと家のことをしっかりね」

脇坂の言葉は常に陽菜の頭にあったが、叔母からも忠告をされて、改めて自分に言い聞かせるように頷いた。

「それは肝に銘じてる。プロポーズを受けたんだもの」

「そのことなんだけど、話は進んでるの？　結婚式の日程とか。入籍もまだなんでしょう？」

口調は軽めだけれど、叔母がかなり気にしているようなのは、雰囲気で感じられた。

「うん、それはまだ……私もようやく生活のペースが掴めてきたところだし、大智がかなり忙しくて」

そのわりには休みのたびにあちこち出かけて、叔母に土産を届けたりしていることを指摘されたらどうしようかと思ったが、ひとまず頷いてくれた。

叔母の店を出たその足で、アルバイト先のフラワーショップに向かった。注文が入っていたアレンジメントを、リクエストされたイメージを模索しながら作っていく。

その間も、陽菜は考え事をしていた。

同居を始めてから今日まで、結婚式や入籍について向き合って話したことはないが、毎日が楽しくて幸せで、突きつめようとはしなかった。

流れで話題になったことはある。たとえばテレビを見ていて、芸能人の結婚発表がリポートされていたり、雑誌に流行りの結婚式場やハネムーンが掲載されていたり。それについてエンゲージリングがどうだとか、何人ぐらい収容できるフロアなのかとか、コメントしたりはあるけれどそれで終わってしまい、話が自分たちのケースに発展しない。

唯一陽菜のほうから切り出したのは、大智の家族に挨拶したいということだった。しかしそれも不要と返されてしまい、それきりになっている。

陽菜としてはやはりできることなら、関係を修復してほしいと願っている。そう簡単にはいかなさそうで、今もって手段を見つけられない。

それにしても大智らしくない。持ち前の決断力と行動力で会社を興し、急成長させた彼が、この件に関して放り出したままなのが解せない。陽菜を二度も攫って今の生活を始めたというのに、ここにきて足踏みというか停滞というか。

あまり考えられないことだけれど、もしかしたら大智は結婚式や新婚旅行といったイベントにさほど関心がない、あるいは敬遠しているのだろうか。

……ううん、やっぱりそれはなさそう。指輪だってサプライズで用意してたもんね。むしろイベント好きなほうだ。

それに、たとえ結婚式や新婚旅行に気乗りしないとしても、陽菜がそのつもりでいると察したら、きっとプランを練りに練って実行するだろう。

そこで陽菜ははっとした。

もしかして、サプライズなの？

しかし、それは困る。ことは一生に一度の大イベントなのだ。陽菜だって、その日に向けて万全の準備をしたい。ウェディングドレスも自分で気に入ったものを着たいし、学生時代のデート中にカフェで見た映像にあった軽井沢《かるいざわ》の教会も、候補としてチェックしておきたい。

どんなに完璧にセッティングされていても、遊園地のフロートに乗ってアトラクションを回るような受け身のものでは嫌だ。ふたりで悩みながら作り上げてこそ、実現したときの喜びもひとしおというものだろう。作り上げる過程もまた、夫婦としての絆《きずな》を深めるに違いない。

いろいろと思考を巡らせたが、とにかく一度は確認して話し合うほうがいいと、陽菜は結論づけた。

そう決心したものの、今ひとつ躊躇ってしまうのは、他に気になることがあるからだ。言うまでもなく、社内に流れている大智と紗羽の噂だ。

これまでは根も葉もないことと、愉快な気はしないながらも無視していたけれど、五頭に言われたことがにわかに気になってきた。会社創設時からのメンバーである五頭は、社内の誰よりも大智と親しいはずなのに、そんな噂を鵜呑みにするだろうか。

この件もはっきりさせたい。いや、陽菜にプロポーズしておきながら、紗羽とも親密な関係だなんて疑ってはいないけれど。事実なら、陽菜に自分の会社の中でアルバイトさせたりしないだろう。

たぶん大智は、そんな噂が流れていると知らないのだ。社内でとどまっている間はまだしも、取引先などにまで伝わったら、面倒なことになりはしないか。

あ……今のところ私との関係は伏せてあるから、ふつうにおめでたい話になっちゃうのかな？

しかし先々のことを考えたら、大智にとってプラスにはならない。ひと言伝えておくほうがいいだろう。

うーん、でも会社のことに口出しするみたいで、気が進まないな。いやいや、私も関係することなんだから、状況だけでも――。

その日は半日以上考えまくり――帰宅した大智を迎えた。


風呂から出た大智が、リビングのソファでビールのグラスに口をつけるのを見計らい、陽菜はその隣に腰を下ろした。すかさず大智の腕が肩に回り、陽菜を引き寄せる。額にキスのおまけつきだ。

「今日は『とりはね』に行ってきたんだろう？　どうだった？」

「うん、忙しくなってきたみたいで、花を活けるだけなのに感謝された。大智によろしく言ってたよ」

「俺は陽菜に勧めただけだからな」

きっかけを探って、陽菜の心臓は鼓動を速めた。ただ大智の方針を訊くだけなのに、どうしてこんなに緊張するのだろう。

「それでね、ちょっと話が出て、私も気になってるんだけど――」

そっと窺うと、大智は陽菜を見返して微笑んだ。続きを促されているように感じて、勢いを得る。

「入籍とか結婚式とか、いつごろを考えてる？」

そう言った瞬間、大智の顔から笑みが消えたように見えた。陽菜は無意識に焦って言葉を続けた。

「結婚式やハネムーンは急ぐことでもないし、なんなら状況次第でしなくてもいいっていう考えもアリだと思う。でも、入籍は……早めのほうがいいんじゃないかな？　一応けじめって言うか……子どもができる可能性だってあるし」

今のところ大智は避妊してくれているが、絶対というわけではない。そのときはそのときで、困ることはないと陽菜は考えている。専門学校への道は遠くなるかもしれないけれど、すでにタイミングを逃した経験があるせいか、いつになろうとも実現するのは自分次第と思うようになった。

しかし夫婦にならないまま子どもを持つのは避けたい。書類ひとつ出さないせいで、さまざまな手続きに手間取るだろうし、子どもにもいらぬ苦労をさせてしまう。

大智はグラスを置いて陽菜に向き直ると、焦った顔で両肩を掴んだ。

「もちろん、そのつもりだ。当たり前だろう？　きみと結婚したくてプロポーズしたんだから」

その言葉に今までの緊張が解けて、安堵の笑みを浮かべそうになった陽菜だが、

「けど、もう少し待ってくれないか」

と言われて、頬が強張った。

「……待つって、どのくらい？　どうして？」

大智は困ったような顔をしていたが、それを隠すように陽菜を抱き寄せた。

「ごめん、不安にさせたんだな。でも、ちゃんと考えてるから」

答えになってないよ、大智……。

陽菜に言えないような、なにかよくないことが起きているのだろうか。でも、いったいなにが？　考えても、入籍を先延ばしするような理由は思い当たらない。強いて挙げるとしたら、紗羽との噂だろうか。

噂が事実だとか……？　そんなばかな。じゃあ、どうして大智は私にプロポーズしたの？　私のことなんか探さないで、篠原さんにプロポーズすればいいことじゃない。

紗羽とはずいぶん前から知り合っていて、おそらく紗羽は大智への好意を明らかにしていたはずだ。それにもかかわらず陽菜に求婚したということは、やはり大智は陽菜との結婚を望んでいたのだと思う。

大智の胸の中で、陽菜は目を瞠った。

そのつもりでいたけれど、実際に一緒に暮らしてみたら、思っていたのとは違ってた——とか……？

大智の中で、思い描いていた理想と現実に距離があって、それで結婚を躊躇っているのだろうか。なにしろ五年も経っている。

自分の思いつきに、陽菜は震えそうになった。実際身震いしたらしく、大智が身じろぐ。

「寒い？　エアコン強すぎるかな？」

リモコンに手を伸ばそうとする大智の腕が緩んだ隙に、陽菜はソファから離れて立ち上がった。

どこがだめなの？　結婚しようとしてるのに、まだ夢を追いかけてバイトだの学校だのって言ってるから？　でも、大智は心から賛成してくれてた。

家事は脇坂に言われるまでもなく今の自分のいちばん重要な仕事だと思っているから、手抜きはしていないつもりだ。大智も、そんなに頑張らなくていいとよく言う。

見た目？　でもヨガの効果なのか、なんだかメリハリが出て引き締まってきてるし、お肌や髪のお手入れだって欠かしてない。服だって以前より気を使っているし――。

夜の営みだろうか。陽菜的には、ほぼ夜毎繰り返されるうちに、悦びが深くなっているのを感じているけれど、どうにも気恥ずかしさが先に立ってしまい、積極的とは言いがたい。

それが期待外れだった、とか……。

そんなことで、と言ってしまうのはいけない。結婚が互いだけを生涯愛することなら、肌を合わせるのも互いだけだ。それがつまらなかったら、人生の大問題になりうる。

幸か不幸か陽菜は大智の手練手管に酔わされる一方なので、大智のほうがどうかまで思い至らなかった。

こんなことでは妻失格だ。篠原さんになびいても文句は言えない。ううん、やっぱり嫌。

陽菜はもう大智の妻になると決心したのだ。大智が他の女性と一緒になるのも嫌だし、自分が他の男性と結婚するなんて考えられない。

なんとしてでも大智を取り戻したい。そのためなら、どんな努力も厭《いと》わない。焦りとともにそんな気持ちが膨れ上がって、すぐさま行動に起こしたくなった。

今できるのは、積極的かつセクシーに大智をベッドに誘うことだろうか。果たしてそれが、大智が入籍を先延ばしする原因なのかどうかはわからないけれど、やっても無駄にはならないはずだ――と思う。

だって、私からのキスとかハグとか、喜んでくれたもんね……。

キスやハグはわかりやすい愛情表現で、されたら嬉しい。大智もそうなら、それ以上の行為にも快感だけでなく陽菜の気持ちも感じてくれるだろう。

陽菜は胸の前で拳を握ると、おもむろに大智を振り返った。幸いなことに先に風呂を使っているから、このまま行動に移れる。

「寒いと言えば寒いかな？」

上目づかいで両手を広げると、大智は一瞬目を丸くしたものの、慌てたように陽菜を抱きしめた。バスローブの胸元の肌が、しっとりと温かい。陽菜は頬を擦りつけ、さらに唇を這わせた。

「……どうしたんだ、今日は」

あからさまにいつもと違うので、頭上からそんな声が聞こえた。しかし大智の腕は陽菜を抱いたままだから、避けられてはいない。

疑問なんて吹き飛ばして、このままベッドに連れ込もう――そう考えて大智の肩に腕を回したら、背中を抱かれて持ち上げられた。

「えっ？」

そういう予定ではないと、陽菜は足をばたつかせるが、むなしく宙を掻くばかりで、大智にソファへと運ばれた。自分は座って、陽菜を膝の上に乗せている。対面で抱き合っていたので、大智の膝を跨ぐ格好になり、ワンピースタイプのナイティーの裾が、太腿まで捲れ上がってしまう。

陽菜は思わず後ろ手に裾を引っ張りそうになって、はたと思いとどまった。

だめだめ、今日は隠さない。むしろ露出する方向で！

伸ばしかけた手をどうするか迷い、大智の手を取って太腿に導いた。

「本当にどうしたんだ？　いつもと違う」

そう言いながらも大智の手は、太腿を撫で回しながら腰へ進み、ヒップの丸みを手のひらで味わっている。陽菜が導いた手だけでなく、両手だ。

「私だって、したいときがあるもの」

ふと手の動きが止まり、大智は陽菜の胸元に顔を埋めた。

「本当に？　それは嬉しいな」

吐息を吹きかけるような声に、夏物の薄い生地に包まれた胸が震える。ずっとナイトブラ愛用者だったけれど、大智の手を煩わせるので、思いきって着けないようになった。先端が硬く尖《とが》ってきているのを、おそらく大智はもう感じ取っているだろう。

「それで、どうしたい？　どうされたいでもいいよ」

陽菜は指が震えそうになりながら、ナイティーの前ボタンを外していった。合わせを押し開くように乳房が突き出て露わになる。

「……触って」

なんて恥ずかしいんだろうと思いながらも、こちらを見上げてくる大智の笑みに、くらくらした。いつもとは違った楽しさを感じているようだ。

「指で？　それとも――こう？」

乳頭を舐め上げられて、陽菜は喘ぎを洩らしながら背筋を反らした。とっさに陽菜の背中を支えた手が下がって、ショーツの上から尻の間に滑る。思いきり脚を開いているので、クロッチ部分がぴったりと秘所に張りついていた。指の感触が直に触れられているようで、否応なく昂ってくる。

やだ……もう濡れちゃってるかも……。

いや、今はそれでいいのだと自分に言い聞かせて、乳房に吸いつく大智の髪を撫でる。

「あっ……」

ショーツの中に忍び込んできた指に襞をまさぐられて、陽菜は思わず腰を引いた。

「いや？」

そう訊きながらも、大智の指は動き続ける。蜜を溢れさせるように指が沈み、内壁を刺激しながら浅い抜き差しを始める。

「……いいっ……」

「これだけで？　こっちも——だろう？」

器用に動く指に花蕾を弄ばれ、陽菜は淫《みだ》らに腰を揺らした。そのせいで大智の唇が胸から離れてしまい、陽菜は自分の手で乳房を掬うように持ち上げて、大智の唇に押し当てた。さまざまな快感が重なって、陽菜はそのまま上りつめそうになる。

……そうじゃなくて！

はっとして大智を押し返し、驚く彼の膝から下りた。余韻に痺れて足元がふらつきそうになったけれど、大智の腕を掴んで事なきを得る。そのまま大智の手を引き寄せてキスをし、精いっぱい妖艶なイメージで微笑みかけた。髪も寝間着も、あられもないというよりは単純に乱れていたけれど、この際しかたがない。

「もっと思いきり愉しめるところに移動しましょう？」

ちょっと芝居がかっていたかと口に出してから思ったが、これもまた後の祭りだ。大智が失笑していないから、よしとしよう。

大智は笑うというよりもどこか訝しげな表情で、しかしどうなるのか楽しんでいるようにも見える。陽菜が手を引いて寝室に誘っても、素直についてきた。

さあ、頑張りどころだから！

といっても、元来の性質ではないことをやろうとしている上に、情報が不足していて、自分でもどう進むのか未定だ。陽菜の考える積極的な行為というと、チラ見したレディースコミックや、図らずもそれっぽいシーンがあった洋画くらいのものだ。

とりあえず自由に動けるように、大智には横たわってもらうことにして、全身を使って力いっぱい押し倒してみた。

ベッドを波打たせて仰向けになった大智は、陽菜を見上げる。

「なかなか情熱的だな……」

その感想に肯定的な雰囲気を感じて、陽菜は勢いを得た。

情熱的、いいコンセプトなんじゃない？　その線で行こう。

陽菜は大智の視線を捉えたまま、ベッドの上で膝立ちになって、ナイティーを脱ぎ落とした。スマートにはいかなかったけれど、ショーツも取り去る。

全裸になって大智の腰を跨ぎ、バスローブの前を開いた。そのまま膝を進めて、喉元まで近づく。

「……して？」

その直後、流れは逆転した。

大智は陽菜の腰を掴んで、陽菜が続けざまに達するまで舌で翻弄した。解放されたときには頽《くずお》れてしまったくらいで、大智はそんな陽菜の腰を背後から引き上げて、後背位で重なってきた。

熱が上がった身体は深い突き上げにも悦びしか感じなくて、ずいぶんと声を張り上げていたようだ。

身体はとうに陥落してしまっていても、なんとしても大智をもう一度振り向かせたい、そのために力を尽くすという当初の課題が頭を離れず、しつこくもう一度とねだった。

そのたびに大智は応えてくれたから、結果は悪くなかった――と思いたい。

ていうか、全部私の取り越し苦労なんじゃないの……？　これで愛されてないなんて、思えないよ。

翌日、大智はいつも以上に溌溂と出勤していった。陽菜のほうは実のところ疲労困憊《ひろうこんぱい》だったけれど、どうにか笑顔で見送れた。

玄関のドアが閉まっても、そのままぼんやりと見つめてしまう。

タフだなあ。でも、積極的で嬉しいって言ってくれたっけ。

『無理をさせたらいけないと思ってセーブしてたけど、たまにはこのくらいつきあってくれるってことだよな？　もちろん、陽菜がしたいと思ったときを待ってるけど』
一世一代くらいのノリで頑張ったつもりだけれど、これからも期待されてしまったようだ。やはり陽菜が積極的になるのは、大智的に歓迎することなのだ。
それでもたびたび気づかってくれているのを感じたから、愉しむだけのセックスではなかったのだと思いたい。最上級の愛情表現だった、と。
私は大智を愛してるし、愛されてる——そう感じるのに、不安を感じるのはなぜだろう。

4

数日後、アルバイトのハシゴを終えて帰宅した陽菜は、郵便物の中の大智宛の封書に目を留めた。

『ソード企画』って……大智のお父さんの会社じゃない。

大智の父親の名前はないが、その会社がなぜ大智にこんなものを送ってきたのだろう。中身がなんなのか、ひどく気になった。大智の気持ちを波立たせるようなものでなければいいのだが。

帰宅した大智は封筒を開けて一瞥すると、すぐに興味を失ったようだった。陽菜が視線を注いでいるのに気づいて、中身を渡してくる。

「社長就任二十周年の記念パーティーだってさ」

社長就任記念のパーティーなら、大智の父自ら招待状を出したのだろうか。大智との関係を修復したいと思ってのことかもしれない。

「ホテルガイアでやるんだ、すごーい！　パーティーってどんな服着ていくの？」

ふたりの仲を取り持とうと考えていたが、どうすればいいのかわからずにじりじりしていた陽菜は、思ってもみないチャンスに心が弾んだ。大智の父のほうから歩み寄ってくれようとしているなら、陽菜がよけいな手を出すよりずっといい。

「行かないよ」

しかし大智はネクタイを解きながら、短くそう告げた。

「え……？」

ワイシャツのボタンも外して、早くもリビングを出ようと歩き出しながら、陽菜を振り返った。

「もう実家との縁は切れてる。行く必要ないだろ。親父もせっかくのパーティーで俺の顔なんか見たくないだろうし」

「でも、招待状を送ってくれたじゃない」

陽菜が言い返すと、大智は苦笑した。

「弟が勝手にしたんだよ。封筒にメモが入ってた。まったく、おせっかいな奴だ」

そうだろうかと、大智が出ていったドアを見ながら、陽菜は思った。

それならどうしてあなたは、寂しそうな顔をしてるの？

そもそも大智と父親が対立した原因は会社のこと——後を継ぐかどうかに関してだったはずだ。互いに対して恨みや憎しみがあったわけではない。

五年を経て、相手の言動を落ち着いて振り返ることもあるだろう。当時はどうにもわかり合えない、許せないと、憤りのままに決裂したとしても、そのままの気持ちが今も続いているだろうか。

もしかしたら後悔しているかもしれない。しかし引くに引けなくて、歩み寄れないだけなのかも。

いつだったか、大智はお父さんのことをプライドが高い頑固者だって言ってたことがあるけど、大智も似たところがあるよね……さすが親子っていうか。

しかし、すでに両親がいない陽菜としては、大智に家族との絆の修復を試みてほしい。そのために陽菜にできることは――。

陽菜は封筒を探って、メモを取り出した。メモというか、大智の弟の名刺だ。

広希《こうき》っていうんだ……。

手書きで【ぜひ顔を出してほしい】とあった。

陽菜は名刺に記された携帯番号を、自分のスマートフォンに登録した。


翌日、大智が出勤してから、陽菜は緊張しながら広希に電話をかけた。

『はい、太刀川です』

見知らぬ番号からの着信に、相手は戸惑うように、しかし爽やかにはきはきと名乗る。

……あ、大智と声が似てる。

それだけのことに、陽菜はほっとした。

「おはようございます、朝早くに申しわけありません。私、結城陽菜と申します」

『結城──あ、兄の！』

電話の声は一気に親しみを増した。

『お世話になってます、っていうのはおかしいかな。初めまして、大智の弟の広希です』

よかった、優しそうな弟さんだ。大智の兄弟なんだから、そうだよね。

結婚すると実家には伝えてあると言われていたが、迷惑そうな反応をされるかもと心配だったのだ。

後継ぎ問題は大智とその父親だけでなく、当然のことながら弟の広希も巻き込んだはずだ。次期社長として突然白羽の矢が立ったことを、広希はどう思っているのだろう。降って湧いた幸運と快哉《かいさい》を叫んだのか、それとも厄介事を背負い込んだと舌打ちしたのか。

転がり込んできた後継ぎの座に広希が執着しているなら、今さら大智と父親の関係修復など望まないだろう。それなら、わざわざパーティーの招待状など送ってこない。

いやそれとも、後継に無関係な次男としてずっと育ってきたなら、彼なりの人生設計が出来上がっていたかもしれない。それを軌道を変えられてしまって不本意に思っている場合は、今からでも大智と父親の仲を修復して、できれば大智にバトンを返したいと考えているかも──。

陽菜は昨夜からそんなことを考えていて、場合によっては陽菜の行動が、大智の自由を奪ってしまうかもしれないと悩んだ。

しかし親子関係を円満なものにしつつ、大智自身が選んだ自分の会社を統べるという人生を生きる道も可能かもしれない。この五年間、さまざまな局面で己の進む方向を選んできた大智だからこそ、きっとできる。

だから彼がその気になれば、父親とも和解できるだろう。陽菜はその橋渡しに動きたい。たとえそのことによって彼に嫌われるとしても、そもそも陽菜の一言で親子が断絶してしまっているのだから、やるべきだと思えた。

「こちらこそ、ご挨拶にも伺わないままで申しわけありません。昨日、パーティーの招待状が届きまして、その中に広希さんの連絡先があったので、勝手ながらこうして連絡させていただきました」

『あ、届きましたか。ていうことは、兄貴も見たんですね。で、反応はどうでした？』

「それが……今のところ出席するつもりはないようで」

電話の向こうでしばし沈黙があり、ふいに広希の声がした。

『陽菜さん、一度お会いして話せませんか？　お時間の都合はどうでしょう？』

「えっ、あ……今日でしたら、大智さんが帰ってくるまでは空いていますが」

『今日か……じゃあ、十四時に有楽町《ゆうらくちょう》のエルドラドホテルのティールームでお待ちしてます』

電話を切った陽菜は、戸惑いながらも急ぎ家事を片づけた。

広希の意図を確認するためにも、一度顔を見て話すのはいいことだと思う。

それにしても、しっかりしてるな……たしか大智とふたつ違いのはず。広希さんもきっと優秀なんだな。

そうでなければ彼らの父も、すぐに後継を広希に移したりはしなかっただろう。もしかしたら、兄弟が一緒に会社を盛り立てていくことを望んでいたのかもしれない。

自分が大智に言った言葉が、大智だけでなくその周りの人の人生も変えてしまったのかと思うと、怖くなる。しかしだからこそ、陽菜は大智と幸せになるつもりだし、大智の父や広希にも悪くない現状だと思ってもらえるようにしたい。

エルドラドホテルは外資系のラグジュアリーホテルで、これまで陽菜は前を通過したことしかない。そもそもエルドラドに限らず、ひとりでホテルに宿泊したり、施設を利用したりしたことがない。

最近になって、大智に連れられて出入りすることも増えたが、ひとりだと緊張で足がすくみそうだ。

こんなとこじゃなくて、コーヒーショップとかでよかったのに。

ふわりとした小花柄プリントのワンピースに、冷房除けの麻のジャケットを羽織り、揃いのパンプスとバッグというチョイスは、マンションを出たときには張りきりすぎかと思ったけれど、全然そんなことはなさそうだ。大智にプレゼントされたネックレスも、つけてきて正解だ。

ティールームは天井が高く、それぞれの席がゆとりをもって配置されていた。適度に席は埋まっていたが、平日の昼間ということもあってか、有閑マダム風の客が多い。

陽菜が待ち合わせだと告げると、スタッフが席へ案内してくれた。辿《たど》り着く前に、ビジネススーツを着た長身の青年が立ち上がって、軽く会釈をする。

「今朝はお電話で失礼しました。結城です。どうぞ——」

「太刀川です。わざわざすみません」

紅茶のポットサービスを選ぶと、広希がメニューを差し出した。

「ここのケーキは美味しいですよ。よければ頼みませんか？　なんて、俺も食べたいので」

陽菜の緊張を解すかのように微笑んだので、白桃のケーキを追加した。

「結婚するという話は、兄貴から聞いてます。『サンダー』経由ですけど。おめでとうございます」

声こそ大智と似ていた広希だが、面立ちはそうでもない。それぞれ父親似、母親似なのだろうか。いずれにしてもイケメン兄弟なのはたしかだ。

「ご挨拶もまだなのに、進めてしまって申しわけありません」

「そんなこと、気にしないでください。今どき、結婚なんて本人同士の意思でしょう。うちの母は喜んでますよ」

「ということは、お父さまは……」

広希はカップを口に運びながら苦笑した。

「父は頑固なので。でもそれは陽菜さんに対して思うところがあるわけではなく、兄貴のことでわだかまっているからです」

陽菜は思わずテーブルに目を落とした。シャンデリアの明かりを反射してキラキラと宝石のように輝くケーキなのに、手が伸びない。

「そうなんですね……大智さんも、歩み寄る気になれないみたいで。でも、私は仲直りしてほしいと思っています。家族がバラバラなのは寂しいなって」

それに対し、広希はむずかしげに眉をひそめた。

「たぶんですけど、うちの親父は兄貴が頭を下げなきゃ、許さないいんじゃないかな」

「頭を下げる……」

繰り返すように呟いた陽菜に、広希は頷いた。

「縁切りを口にしたのは、兄貴のほうですからね。まあ親父もアレなんで、売り言葉に買い言葉で即行応じたわけですけど」

では、大智のほうから謝って撤回してもらうのが、筋なわけだ。しかし、大智が行動に移すだろうか。

「ぜひ陽菜さんにも協力してほしいな。兄貴を説得してくれませんか」

身を乗り出した広希に、陽菜は肩をすくめた。

「それは……できることはなんでもしたいと思っていますけど、私に説得なんてできるでしょうか」

招待状を見たときだって、あんなふうだったのだ。ただ言ったところで、聞いてくれるだろうか。よけいなことだ、口を出すなと怒らせてしまうかもしれない。

「陽菜さん以外にできる人なんていませんよ。説得というより、背中を押してもらえれば。間に挟まれてる俺の勘では、おそらく必要なのはきっかけだと思うんです」

決裂は大智の人生の選択が原因で、本心から互いを疎んじてのことではないと、陽菜も期待まじりに思っていただけに、広希の言葉は心強かった。だからといって、自分が取り持つことまで楽観視はできなかったけれど。

陽菜は気になっていたことを、思いきって訊ねた。

「広希さんはどう考えているんですか？　その……、大智さんの代わりに後を継ぐことになったこと」

広希は小さく笑って、ケーキを口に運んだ。頬張ったまま頷いて、陽菜にも身ぶりで勧める。

「子どものころから後継ぎと言われてきた兄貴と違って、俺はいい意味で放任だったんですよ。口出しされることもなくて、道を踏み外しかけたり……ね。そのとき叱られたのは親父にじゃなくて、兄貴にだったたな」

広希さんが？　想像がつかない。こんなに好青年なのに。

「まあそれはともかく、なにをしても父親の反応が薄いんでちょっと途方に暮れてたんです、本心では。持ち上がりなんで、惰性で大学には行ってましたけど、そんなときに兄貴が出ていって、もろもろが全部こっちに回ってきたじゃないですか。うわ、面倒なことになった、と思ったけど、同時に自分がやることがようやく見つかった気がして――」

そこで広希はにっこりした。

「今は、前向きに考えています。まだまだ下っ端なんで、会社の経営にかかわるなんていうのはずっと先ですけど、その間にできるだけ勉強したいな、と」

「すごいです。大きな企業をまとめるのは、私なんかには想像もつかないくらい大変なことなのに」

自分で会社を興した大智と同じくらい、広希も頑張っている。すてきな兄弟だ。

「今は制作部に所属していて、テレビＣＭや雑誌広告を作ってるんですが、それがアップされるたびに、会社に匿名のメールが来るんです。それこそ歯に衣着せぬって感じで、ズバズバ切り込んできて」

苦笑する広希に、陽菜ははっとした。

「それって……」

「そう。それ以外考えられないでしょう？　で、電話するんですけど、俺だとわかってるから出てくれない。だから『サンダー』を使って、兄貴のメールだろって訊くと、しらばっくれる」

その様子が想像できて、陽菜はくすりと笑った。きっと褒めたいところもたくさんあるだろうに、あえて苦言を呈しているのだろう。弟に成長してほしいから。

「気にしてくれているんですよ」

そう言って頷く広希に、気持ちは伝わっていると陽菜は思った。


『サンダーソニア』での仕事を終えてビルの通用口を出たところで、陽菜の前に人影が立ち塞がった。

「五頭さん……」

思わず後ずさった陽菜の腕を、五頭は掴んだ。自宅に持ち帰る花を抱えていて、振り解けない。

「放してください」

「じゃあ、約束してくれ。これから食事につきあってほしい」

姿が見えないからほっとしていたのに、在宅勤務ではなかったのか。もしかして、時間を見計らって来たのか。

多目的ルームで声をかけられて以降、極力顔を合わせないように気をつけてきた。五頭の言葉に惑わされてはいけない。自分の目に映る大智を信じるべきだから。

「……個人的なおつきあいをする理由がありません――あっ……」

腕を掴む力が強くなって、陽菜は顔をしかめた。そこに五頭の顔が近づく。

「教えてやっただろう、大智は無理だよ。外面がよくて誰にも気安いけど、自分の得になるかどうかをちゃんと計算してる奴だから。きみは相手に当てはまらない」

五頭はどういうつもりでそんなことを言うのだろう。気を引きたいなら、当の陽菜を見下すような言い方は逆効果だと思わないのだろうか。

「私のことは放っておいてください」

「心配なんだよ。きみは俺を誰だか知らずに、きちんと花粉の処置をしてくれただろう？　言い寄ってくる女なんて、才能や金につられてくる奴ばかりだったから――」

五頭を優秀な開発者と知らずに接してきた陽菜に損得抜きの厚意を感じ、関心と好意を持った、というような話を熱っぽく語るが、独りよがりというか己に酔っているふうで、陽菜にはまったく響かない。

そもそも五頭にしろ誰にしろ、大智以外の男性なんて陽菜の眼中にはないのだ。好意を持たれても、断る以外の選択肢はない。

「とにかくお断りします。放して――」

そこにタクシーが急停車し、大智と脇坂が降りてきた。大智は険しい顔で駆け寄って、五頭の手を陽菜から引き離す。

「五頭さん、なにをしてるんです？」

今日は名古屋《なごや》まで日帰り出張だと、出がけに言っていた。東京駅からタクシーでここまで戻ってきたのだろうか。

絶妙なタイミングに陽菜は驚きながら安堵し、五頭は憎々しげに大智を睨《ね》めつけた。

「食事に誘ってただけだ。おまえにじゃまする権利はないだろう？」

「嫌がってるように見えましたよ」

図星をさされた五頭は陽菜をちらっと見てから、大智に嫌な笑みを見せた。

「だから、いい男ぶって割って入ってきたってか？　女の気を引くのは怠らないよな。それともまさか、彼女にまで手をつけたわけじゃないだろう？」

どうしよう……このままじゃまずいことになるんじゃ——。

五頭が一方的にけんか腰なのだが、仕事上の諍《いさか》いならともかく、まったくのプライベートで、しかも陽菜が原因でぶつかり合うようなことになったら、どうしたらいいのか。

「手をつけた、という言い方はどうかと思いますが——」

大智はそう言って陽菜の肩を抱き寄せた。

「彼女は俺のフィアンセです」

いきなりの宣言に、陽菜も五頭も驚く。

「……大智、それは——」

思わず呼びかけると、それを聞いた五頭の顔がどす黒く染まった。

「……どういうことだ。そんなこと、ひと言も——」

「陽菜には夢があって、その資金を自分で作ろうとしています。少しでも協力したくて、うちで働くことを勧めましたが、社内で気づかわれたくないと伏せていたんです。いずれ公表するつもりでいました」

五頭は真偽を探るように陽菜と大智を見比べていたが、大智に寄り添う陽菜の姿に、事実だと認めたようだった。少なくとも親密な関係だと感じたらしく、忌々しそうに息をつく。

「なんでもかんでもおまえが持っていくんだな」

「どういう意味ですか？」

大智が訊くと、激高したように声を荒らげた。

「そうだろう？　初めからそうだ。俺が開発したアプリで会社を立ち上げて、今や時代の寵児《ちょうじ》なんてもてはやされて。たしかに報酬はいいし、社内でのポジションもある。けど俺のアプリがなけりゃ、こう上手くはいかなかったよな？」

捲し立てるような五頭の恨み言に、大智は口を挟まなかった。それを言い返せないと取ったのか、五頭は、ふん、と自嘲するように鼻を鳴らした。

「おまえの口車に乗せられて失敗したよ。自分で会社を作ってれば、収益も名声も全部俺だけのものだったんだからな」

そんなふうに思ってるの……。

雑事をすべて大智が請け負い、環境や資金を調えたから、五頭は開発に没頭できたところもあるはずだ。大智が企画した大がかりな広告展開も、『サンダー』の成功には大きく関与している。

しかし陽菜が口を出すことではないと、言葉を呑み込む。

なにも反応しない大智に苛立ちを募らせたのか、五頭は踵を返して立ち去った。その姿が建物の陰に見えなくなってから、陽菜は大智に視線を移した。その表情が五頭と対峙《たいじ》していたときよりもずっと険しくなっているのに気づいて、狼狽える。

「おかえりなさい……大智が来てくれてよかった。ありがとう」

それに対して、大智は鋭い目を向けた。

「五頭さんから誘われたのは、今日が初めてか？」

「えっ、あ……ううん、何度か……花粉の汚れがついて、それを落としたときに、なんだか勘違いされたみたい。誰だったとしても、同じようにしてたもの。誘われてもいつも断ってたよ？」

五頭がどう思っていたとしても、陽菜には大智の会社の人間だという以外の意識はない。

「けっきょくあしらえなかったということじゃありませんか。不甲斐ない」

割って入った脇坂の言葉に、大智は気色ばんで振り返る。

「脇坂、気づいてたのか？　どうして報告しなかった？」

「この程度のこと、自力で解決できるだろうと思っていましたので。それに、社長を煩わせるわけにはいきません」

「それは違う」

大智は身体ごと脇坂に向き直った。陽菜にその表情は見えない。

「仕事ならそう言うかもしれない。しかし陽菜は社員じゃなくて、俺の妻になる人だ。ことの大小に限らず、俺が守ると決めている」

脇坂は驚いたように目を瞬いていた。まるで自分が知る大智ではないと思っているようだ。

「もういい。先にオフィスに戻ってくれ」

大智に背を向けられても脇坂はしばらく立ち尽くしていたが、やがて一礼して踵を返した。

大智の視線は陽菜にじっと注がれている。先ほどまでの鋭さは消えていたけれど、脇坂の批判が陽菜には応えていた。なにより大智と五頭のぶつかり合いを目の当たりにして、まだ混乱している。

「五頭さんのこと、どうして俺に言わなかった？」

「それは……言うほどのことじゃないと思って……」

仕事で忙しい大智に心配をかける必要はないと思っていた。それにそんな話を耳に入れるよりも、ふたりで楽しく幸せな時間を過ごしたかった。

「言うほどのことじゃない？　けど、ああやって捕まってたじゃないか。ちっとも諦める様子がなかったんだろう？　それに、どさくさに紛れて鬱憤を爆発させてた」

慰めてくれるなんて期待はしていなかったけれど、窮地に駆けつけてくれた後だけに、大智の言動は厳しく感じた。

しかし、楽観視していた自分が悪い。陽菜のことが原因で、大智と五頭の間に亀裂が入ってしまった。

大智は常々五頭のことを、会社になくてはならない人間だと言っていた。修復ができずに、ふたりの間がこのままになるようなことになったら――。

「真に受けたりしないよね？　さっきの言葉はきっと五頭さんも本意じゃなかったはずだよ。これで仲たがいするようなことになったら、会社だって困るし――」

「だから？」

声音の冷えた響きに、陽菜はぎくりとした。視線まで冷たく見える。

「五頭さんにきみを譲れって言うのか？」

そんなことは言っていない。自分はやり取りされる物ではないし、陽菜の気持ちは大智にしかない。たとえ大智に命じられたって、絶対に嫌だ。そんなことは大智にだってわかっているだろうに――。

「冗談じゃない。逃げられたのをやっと手に入れたのに」

吐き捨てるような言葉に、陽菜は大智を見つめた。

……愛してるからじゃないの？

そんなふうに聞こえなかったのは、大智の言動に、たびたび違和感を覚えていたからだろうか。休日に仕事に行くと言って会社に行っていないようだったり、入籍や結婚式の話に乗り気でなかったり。

そのたびに打ち消し、大智もまた愛情を示してくれていると思ってきたけれど、今また疑念が浮かび上がってきた。大智の言い方は、五年前に自分のものにしたと思っていた陽菜が去ったのが納得できず、ひたすら取り戻すことを目的としてきたように聞こえた。

人当たりのいい大智ではあるが、己に自信を持っているのはたしかだし、そのプライドも高い。陽菜が離れたことは、大智のプライドを傷つけただろうと承知している。だからこそ陽菜はその傷も癒やそうと、これから妻として大智に尽くすことを心に誓った。

しかし大智がプロポーズした理由は、自分を振った陽菜を取り戻してプライドを守ることだとしたら——。

この先、どうなるのだろう。大智はどうするつもりでいるのだろう。今さらながら、脇坂の陽菜に対する評価が思い出されて不安になってきた。

今まで会社でフィアンセと公表しなかったのは、結婚するつもりがないからだろうか。しかし、太刀川家には報告したようだ。では、結婚してから陽菜を捨てるつもりでいる？

悪い想像ばかりが頭の中を回るけれど、面と向かって大智に問い質す勇気がない。大智の本心を知るのが怖い。

私はあなたが好きなのに――。

それから数日、陽菜はぎくしゃくとした毎日を送っていたが、大智は表面上、以前と変わりなく接してきた。

いっそのこと疑念を持ったことなど忘れて、これまでと同じように過ごしていきたい。

その日、大智の帰宅は珍しく早かった。最近は家で夕食をとることはほとんどなく、休日も数時間出かけることが多かったので、家で食事をすると昼過ぎにメッセージが送られてきたときには、陽菜はアルバイト中にもかかわらずそわそわしてしまった。

外食が続いているから、あっさりしたもののほうがいいかと、サーモンとホタテの南蛮漬け、厚揚げの煮物、タコとキュウリのサラダを作った。汁物は青菜のかきたま汁だ。

ダイニングテーブルに夕食をセットしている間に、大智は手を洗ってリビングに戻ってきた。

「お待たせ、できたよ」

そう声をかけると、ソファに座った大智は陽菜を手招きした。早めに帰宅したのはなにか話でもあるのかと、陽菜は少し身構えながら大智の隣に座った。

「そんな顔しないでくれ」

大智は困ったように笑い、陽菜の手を取って、手のひらに小箱を載せた。指輪が入っているような箱だが、少し平べったいだろうか。

「開けてみて」

促されてふたを開けると、ダイヤモンドのピアスが輝いていた。スタッドだけでなく、そこからごく短いチェーンが繋がって、より大粒のダイヤが揺れている。

いつもなら「こんな高価なものを」と言ってしまうところだけれど、今は大智の機嫌を損ねてしまうのが怖い。

「……ありがとう。きれい……」

そう言うと、大智はほっとしたように息をついた。

「気に入ってくれた？　よかった」

「でも、誕生日でもないのに」

「イベントがなくても、プレゼントしたいときは贈るよ。でも、今回はお詫《わ》び」

陽菜が目で問い返すと、大智はピアスをつまみ上げた。

「五頭さんの件で、陽菜にも嫌な思いをさせたから。陽菜に当たる筋合いじゃなかったよな。おとなげなくて悪かった」

「そんな……私のほうこそ、相談しなくて――」

「うん、きみも考えてのことだろう。俺を不愉快にさせないように、とか。でも、なんでも言ってほしい。あのときも言ったけど、きみを守るのは俺の役目だと思ってるから」

たしかに大智は脇坂に対して、そう宣言してくれた。その言葉どおりなら、どんなに嬉しいだろう。

しかしそのすぐ後で大智が吐き捨てるように言った『冗談じゃない。逃げられたのをやっと手に入れたのに』という台詞がまだ引っかかっている。あのときは大智も陽菜も気が動転していて、言葉選びが適切でなく、聞くほうも勘ぐってしまっただけなら――そうであってほしいという気持ちが、陽菜にそれ以上考えるのをやめさせた。

「うん、ごめんね……」

「陽菜が謝ることじゃないよ。つけさせてくれる？」

大智は陽菜の髪を掻き上げて、耳に軽くキスをすると、器用にポストを通してキャッチをかちりと留めた。垣間見たキャッチは、球形で少し大きめだった。

「外れにくさを第一に考えて作られたそうだ。だから自分だと外しにくいかもしれない。そのときは言って。でも、お守り代わりにつけていてほしいな」

まあギリでふだん使いできそうなので、あえて外す必要もないだろう。陽菜が身につけていることで、大智が満足してくれるなら。

5

八重咲のオリエンタルリリーを中心に、朱赤のグロリオサ、黄色のオンシジウムをあしらい、グリーンはモンステラやアレカヤシ。大ぶりの花材を使った花束は見栄えがする分、嵩《かさ》も重さも相当なものだ。

ラッピングを施し終わったときには、陽菜はダイニングチェアに座り込んでしまった。

「いやいや、休んでる時間はないし」

ドレッシングルームで化粧とヘアメイクを済ませ、ウォークインクローゼットに移動して、ミントグリーンのシルクワンピースと揃いのジャケットを身に着けた。

これから陽菜は、パーティー会場のホテルガイアに乗り込む。

マンションのコンシェルジュに頼んでタクシーを呼んでもらい、花束を抱いて前が見えない状態で経緯を振り返った。

招待状を受け取ったその場で出席する意思なしと宣言した大智に、陽菜はもう一度考えてみてはと言ってみたのだ。しかし、大智の返事は変わらなかった。

陽菜もあまり強く勧められなかったのは反省している。

広希にそう伝えたところ、ひどくがっかりした様子だった。

親子の仲を修復してほしい気持ちは変わらないので、陽菜は自分にできることを考え、花を贈ることにした。できれば、というよりもぜひ自分でアレンジした花束を贈りたいと思い、そうなると直接持参するよりなく、こうして銀座《ぎんざ》に向かっている。

祝日の午後ということもあり、街は人出があった。大智は今日も仕事とのことで、朝から出かけていたのが幸いだ。

昨夜、大量の花が自宅にあったのには驚いていたが、叔母の店をお祝い事で使ってくれるお客さまに贈るものを頼まれたと言うと、あっさり信じてくれたようだ。

ホテルのエントランスを通り抜け、案内に従って進むと、バンケットルームの手前に受付があった。手前のロビーでは、すでに招待客が歓談している。

緊張で足が震えそうだったけれど、ここで転んだりしたら花束をだめにしてしまうと自分に言い聞かせて、受付に向かった。

受付のスタッフはすぐに花束を受け取ってくれ、陽菜に芳名帳を差し出す。

「あの、代理でお花だけ届けにまいりました。ここで失礼いたします」

陽菜がそう言うと、相手は困惑の笑みを浮かべた。誰だかわからない相手から花束を受け取るわけにはいかないのだろう。万が一にもなにか仕込まれていたりしたら大問題になる。

それは陽菜にも理解できるので、持参した招待状を受付テーブルに置いた。スタッフはそれを確認してはっとした顔になる。それはそうだろう、パーティーの主役と同じ苗字だ。

なにか言われる前に、陽菜は一礼して速足でフロアを後にした。

脇目も振らずにホテルのエントランスから飛び出し、ワンブロック進んだところで歩みを緩める。

やった……今の私にできることは、とにかくやった。

花束には封筒入りのメッセージカードを添えてある。上手くいけば、大智の父親に届くだろう。

大仕事を終えた実感がようやく湧いてきて、同時に空腹を覚えた。今朝はコーヒーしか喉を通らなかったのだ。

そう言えば大智、心配してくれてたな……。

フルーツでもスイーツでもいいから食べろと言い置いて、慌ただしく出ていったのを思い出す。どうでもいいことだけれど、今日のスーツ姿もカッコよかった。

スマートフォンが振動して手に取ると、広希の名前が表示されていたので、陽菜は立ち止まって応答アイコンをタップした。

『あ、陽菜さん。来てくれたんですね。花束ありがとうございました』

「ご存じなんですね。じゃあ、お父さまに届くでしょうか」

『もちろんですよ。ちゃんとメッセージカードも確認しました。必ず渡します』

広希が仲介してくれるなら心強いと、陽菜は安堵した。

『それにしてもタッチの差でした。俺、会場入口にいて、陽菜さんだと気づいて追いかけたんですよ。まあ、あまり持ち場を離れられなくて戻ったんですけど』

社長の息子で今や後継ぎなのだから、開会してから現れるのかと思っていたけれど、若い社員として働いていたらしい。社長の指示だとしても、広希自らの動きだとしても、ちゃんとしているのだと陽菜は思った。

「いいえ、お仕事中なんですから、私のことはかまわずに。それに、おかげさまで今日の目的は達成しました」

広希に礼を言って電話を切った陽菜は、気分がずいぶんと晴れやかになっていることに気づいた。

メッセージカードには、大智と一緒に挨拶に行きたいとだけ認《したた》めた。大智の父がそれを見たとして、反応があるかどうかはわからない。会ったこともなく、名前すら大智から聞いているかどうかもわからない陽菜に、かまう義理などないと言われてしまえばそれまでだ。

しかし、陽菜を知ってもらうこと、会いたいと思っていることが伝われば、今はそれでいいのではないだろうか。

大智と彼の父の五年の隔たりを、一足飛びになくせると思うほうがおこがましい。小さな一歩だけれど、やっと行動を起こせたことに満足しよう。

そうだよね、私と大智だって同じだ。

好きだからといって、会わずに過ごしてきた間に各々に生じた変化に、すぐさま順応できるはずがない。愛情があっても、相手の考えが読み取れるわけでもない。

知りたいと思うなら、少しずつ感じ取っていけばいい。

メインストリートを歩いていた陽菜は、ふと足を止めた。

このブランド、大智がよく着てるやつだ。

ホテルと同じく、ハイブランドの店舗も、陽菜にはハードルが高くて踏み込みにくい。そもそもそこで買い物をしようと思わないし、それなのにウィンドーショッピングなんてなおさらできない。

しかし大仕事を終えて気分が高揚していたせいか、陽菜の足はショップの入口へ向かった。頑張った記念に、大智になにかプレゼントしてもいい。

このピアスを買ってもらっちゃったし、たまには私からも贈りたい。

学費を稼いでいる身だから高価なものは無理だけれど、ネクタイくらいならなんとかなるだろう。

「いらっしゃいませ」

祝日のせいかそれなりに客がいて、陽菜はほっとしながら小物のコーナーに進んだ。カフリンクスやタイピン、名刺入れやマネークリップなどが並んでいたが、プライスカードを見て瞬きをしてしまう。

まあ……買えなくはないけど、高いな……。

いくつあってもじゃまにならないものと考えると、やはりネクタイがいいだろう。そう思って足を進めたが、数が多すぎて目移りしてしまう。

これ……？　それとも、あっち？　ああっ、どっちも最近見たのと同じような柄だ。

持っているということは大智も気に入っているのだろうし、似たような柄を好む可能性も高い。

でも、せっかくなら違う雰囲気のがいいよね？　印象に残るし。

「プレゼントですか？」

女性スタッフに声をかけられて、陽菜はぎこちなく頷いた。

「ちょっと……いえ、全然わからなくなってきて……」

「迷いますよね。おいくつぐらいの、どんな雰囲気の方ですか？」

相談を受けることも多いのだろう、スタッフはにこやかに応じてくれた。

「二十七歳ですけど、対外的な場に出ることも多いので、きちんとした——あ、逆に遊びがあるもののほうが、気軽なときに使えていいのかな？　背が高くて、イケメンです。でも、気さくな感じの——」

スタッフが目を瞠るのを見て、陽菜は口を滑らせたことに気づき、慌てた。

「あ、あの、ここのスーツをよく着ているので、合わせたらいいかな、と」

「ご贔屓《ひいき》いただいてありがとうございます。お手持ちのものは、どんな傾向でしょう？」

先ほどのネクタイを示すと、スタッフは趣の違うシックなタイプと、少し遊び心のあるタイプを提示した。相談の末、暖色系の差し色が入ったストライプを選び、ラッピングも頼んだ。

ショッパーを手に店を出た陽菜は、心が浮き立っているのを感じた。

振り返ると、大智にプレゼントをしたことは、数えるほどしかない。憶えているのは学生時代にしたささやかな誕生祝いや、バレンタインチョコレートくらいだ。

相手の反応を想像しながらプレゼントを選ぶのは、こんなに心躍ることだったのだと、初めて知った気がする。気に入ってくれるかどうか、ほんの少し心配で、でも喜んでくれる顔が見られると期待して。

大智もそうなのかな……。

そうだとしたら、陽菜の態度はずいぶんと期待外れだったことだろう。恐縮するよりまずは贈り物をしてくれた大智の気持ちを嬉しく思うべきだった。

大智が帰ってきたら、昨日までとは違う顔で出迎えられそうな気がする。仕事の疲れを労って、無事の帰宅を喜んで——それが妻になる陽菜のあり方だ。

このネクタイ、喜んでくれたらいいな。

地下鉄の駅方向へ向かおうとした陽菜は、歩行者天国の雑踏の中、大智の姿を見かけた。

えっ……？

一瞬、他人の空似かと思う。しかし、着ているものは朝見たスーツだ。そして、隣にいるのは紗羽だった。

もちろん仕事で外歩きをすることもあるだろう。けれど、オフィスで見かける紗羽はスーツが基本で、今日のように華やかなワンピース姿などしていたことはない。いつもはすっきりとシニヨンにまとめている髪も、ふわりと巻いて肩に垂らしている。まるでデート仕様だ。

大智と篠原さんが……ふたりは本当に……？

この目で見ながらも信じられない。というよりも、信じたくない。

立ち尽くす陽菜の視界で、紗羽が人にぶつかりそうになった。大智が腕を伸ばして、それを庇《かば》う。礼を言っているのだろうか、紗羽は微笑んで少し頭を揺らした。

ふたりはなにか語らいながら、すぐ近くの宝飾店に入っていった。女性人気が高く、憧れのエンゲージリングはここ、と言われる店だ。

ふたりの姿が店内に消えても、陽菜はまだ立ち止まっていた。背後からぶつかられ、ショッパーが落ちる。陽菜にぶつかった若い女性は、振り返って迷惑そうな視線を寄こした。慌ててショッパーを拾い、胸に抱いた。

そうなのかな……。

社内で噂されていたとおり、大智と紗羽は親密な関係なのだろうか。仕事が忙しいと帰りが遅くなったのも、休日に紗羽から連絡があって出かけていったのも、そして今日も――こんなふうにふたりで過ごしていたのだろうか。

では、大智はなぜ陽菜にプロポーズしたのだろう。それは紗羽に対しても裏切りではないのか。

そんなことがわからない大智ではないはずだ。

それでも陽菜を攫った理由は、愛しているからなどではなく、やはりプライドを傷つけられた意地なのかもしれない。

それでも――。

陽菜はショッパーを胸に抱えたまま歩き出した。

それでも大智を愛する気持ちは変わらなかった。嫌いになるには、彼の優しさや情熱を知りすぎてしまった。その裏にあるのが、陽菜を搦《から》めとるためだったとしても。

離れ離れになって、大智の存在の大きさに気づいた。自分が好きになるのは、一生で彼だけかもしれない。

だから大智の本心はどうでも、彼のそばにいる以上は、ふたりの幸せを目指したい。そしていつか、大智が心から陽菜を愛してくれることを願う。

いや、大智が陽菜を攫いに来たように、陽菜もいつか大智の心を攫いたい。

帰宅した大智を出迎え、夕食をともにした。

大智はなにくわぬ態度で、銀座にいたことなどおくびにも出さない。だから陽菜も、なにも知らないふりを通した。

「美味かった。やっぱり陽菜が作る食事がいちばん美味い。ていうか、一緒に食べるからだな」

「あれ？　ひとりで夜食を食べるときは、そうでもないの？」

「違う。基本百点で、一緒に食べるときは百二十点」

陽菜は笑顔を返し、食後のお茶を淹れるために立ち上がった。

「ああ、俺がやるよ。なにがいい？」

「うーん、じゃあコーヒーにしようかな。せっかく大智が淹れてくれるなら」

「任せろ」

テーブルを片づけて食洗機を稼働させると、陽菜はキッチンを出て、ウォークインクローゼットに隠しておいたネクタイを取りに行った。

リビングに戻ってきたときには、テーブルにコーヒーと大智の土産のマカロンを載せた皿が置かれていた。

「食べられるようならどうぞ。その桃のが期間限定だって」

淡いピンクのマカロンの愛らしさに、思わず笑みがこぼれる。ふと大智に視線を移すと、陽菜を見て嬉しそうにしていた。その表情に、せつなく胸が痛む。

「美味しそう。じゃあ、それを食べる。その前に――」

陽菜はリボンをかけた箱を大智に差し出した。

「……俺に？　誕生日はまだなんだけど」

「なんでもない日にだって、大智はプレゼントをくれるじゃない。これは……そう、日ごろの感謝のしるし」

大智は両手で受け取り、陽菜を見た。

「ありがとう。開けていいかな？」

陽菜が頷くより早く、リボンが解かれて箱が開けられた。大智は目を瞠り、ネクタイに見入っている。

「気に入ってくれたらいいんだけど」

はっとしたように顔を上げた大智は、陽菜を抱き寄せた。

「もちろんだよ。嬉しくて固まってた」

「あまり高価なものは買えなかったけど、喜んでくれたならよかった」

「きみの給料で？」

「そりゃあプレゼントだもの。家計費は使えないでしょ」

「相変わらず真面目で堅実だな。でも、それならなおさら嬉しい。ありがとう」

大智はいそいそとネクタイを取り出し、首に巻いた。

「ちょっと、Tシャツにそれはないんじゃない」

「とりあえず雰囲気だけでも――あ、いいんじゃないか？　似合うと思わない？　この朱赤のラインがいいな」

「秋口にもお勧めですって、お店の人が言ってたよ」

「いや、秋まで待てない。明日締めていく」

「大智が着てるスーツのブランドと同じだから、きっと合うよね。初めて行ったけど、もうびっくりしちゃった、高級品ばかりで」

「ああ、それで」

大智は納得したように呟きながら、解いたネクタイを丁寧に箱に戻すと、汚さないようにという配慮だろうか、背後の棚に置いてから陽菜に向き直った。

「それで、俺はお返しになにを用意したらいいんだろう？」

「嫌だ、それじゃ意味がないじゃない」

「でも、俺の気が済まない。時計とかどうだ？　俺が持ってるのとペアになるのもあるし――」

陽菜は慌てて両手を振った。コレクターとまではいかないけれど、大智は複数の腕時計を所有している。それぞれ一流ブランドの高級品だ。

「時計はいらないよ。スマホがあれば時間はわかるもの。それに水を使うから、扱いに気をつかっちゃう」

「うーん、じゃあ――」

考え込む大智の手を、陽菜は握った。この手は、自分だけに触れてほしい。

「物はいらないから、今度のお休みに出かけない？　ドライブがしたいな」

「今度の休み……よし、行こう」

予定を頭に巡らせたのか、つかの間思案して、大智は大きく頷いた。


土曜日、大智が運転する車で箱根《はこね》まで出かけた。

美術館は森の名にふさわしく緑が生い茂り、高原の爽やかな空気が清々しかった。ロープウェイからの景色も芦ノ湖《あしのこ》や富士山《ふじさん》が望めて、その絶景に陽菜は感嘆の声を上げた。

「温泉に入っていこうか」

大智の誘いに、せっかく箱根まで来たのだし、それもいいかと陽菜は同意した。近場の温泉施設を使うのだと思っていたら、車は強羅《ごうら》の高級そうな宿で停まった。

「えっ、ここ？」

車寄せで宿のスタッフに出迎えられ、車を預けた大智は陽菜を誘ってエントランスを潜った。

「ここで待ってて」

ロビーのソファに陽菜を残し、大智はフロントデスクへ向かう。

なんかすごいんですけど……新しそうだし。

温泉宿というよりもハイクラスなリゾートホテルで、ロビーはモダンな内装と家具で設《しつら》えられていた。大きな暖炉が目を引く。

「ウェルカムドリンクをサービスさせていただいております」

ソファ横に跪《ひざまず》いたスタッフにメニューを差し出され、陽菜はあたふたしながらシトラスのフルーツジュースを頼んだ。

「お待たせ」

向かい側に腰を下ろした大智に、陽菜は声を潜める。

「温泉のみの利用なんてやってるの？」

「いや、一泊しようと思って予約しておいた」

「えっ？」

「どうしても帰るって言うならそうするけど、明日も休みだろう？　——ああ、アイスコーヒーを」

すべてが仕事かどうかはわからないけれど、相変わらず大智は忙しそうにしているので、ふたりきりで過ごす時間が欲しくてねだったドライブだった。今日はそれに応えてくれて、陽菜が好みそうなプランまで組み込んでくれて嬉しかったのに、明日も一緒にいてくれるのだろうか。

「……いいの？　忙しいのに」

「陽菜にリクエストされたんだから、精いっぱい応えたいじゃないか。それに、このところ別行動が多かったからな。ふたりでゆっくりするのも悪くないだろ？」

高い天井までガラス張りのロビーから中庭を眺めながらドリンクを飲み干し、大智に促されて客室へ向かった。

「そうとわかっていたら、いろいろ用意してきたのに」

決して恨み言ではなくそう呟いた陽菜に、大智は答えた。

「化粧品とか着替えとか？　ひととおりまとめて車に積んであるよ。車を預けたときに、部屋に運んでもらうように言っておいた。たぶん洩れはないんじゃないかな」

陽菜は目を丸くしてから、頬を赤くした。

「ひととおりって、下着も？　やだもう、サプライズもやりすぎだって！」

「しっ、声が大きい」

ホテルの廊下はしんとしていて、陽菜は口元を手で覆ったまま、大智にドアの中へ連れ込まれた。

「わあ……」

室内は広いワンルームタイプで、寛げそうなソファセットがゆったりと置かれている。焦げ茶のファブリックと木材で、シックな雰囲気だ。

窓際に、しっかりとした木材で組まれた天蓋付きのベッドがあった。薄いカーテンを開け放てば、寝ころんだままでテラスの外の景色が見えそうだ。

「すごーい、お姫さまのベッドだ」

「お姫さまのお風呂もあるよ」

大智がテラスへ続くガラス戸を開けると、ウォーターヒヤシンスのチェアの向こうに檜《ひのき》の露天風呂があった。かけ流しの湯が滔々《とうとう》と溢れている。湯気に誘われるように、陽菜はサンダルをつっかけて近づいた。

「こっちは和風のお姫さま用だったか」

背後で大智が笑っている。かすかに黄色みがかかった湯に手を差し入れると、それだけでほっと息をつきたくなる。

「匂いも強くないね。でもスベスベになりそう」

「部屋の中にバスルームもあるから、ここは浸かるだけだな」

夏の夕暮れはまだ先だったけれど、日差しのある中で湯に浸かるのも温泉旅行の醍醐味《だいごみ》だろう。

「さっそく入っちゃおうかな。大智、先に入る？」

室内に戻ってきた陽菜がクローゼットを開けて備品のタオルを取り出していると、大智が背中からハグしてきた。

「一緒に入るって言ってくれないのか？」

耳元で囁かれ、心臓が早鐘のように打ちつける。優しく甘やかされると、やはり大智が好きで、誰にも渡したくないと強く思う。

「……いいよ」

大智がわずかに身じろいだ。陽菜があっさり承諾するとは思っていなかったようだ。

たしかに一緒に入ったのはホテルに連れていかれたときに一度きりで、同居を始めてからも風呂は別々だった。

陽菜としては、その後ベッドで一緒なのだから、という気持ちだったけれど、そういうところが女性としての魅力や雰囲気作りに欠けていたのかもしれない。

陽菜はやんわりと大智の腕から逃れて、チェストの上に置かれていたボストンバッグを開けた。

陽菜の着替えは、靴やバッグがコーディネートされたものが用意されていて、いい意味で大智の抜け目なさに感心する。が――。

「どうしたの、この下着?」

ブラジャーとショーツのセットアップを手に、陽菜は顔を赤らめて大智を振り返った。チュールレースがあしらわれたシルバーグレーのそれは、陽菜の所持品の中にはなかったものだ。

「プレゼント」

こともなげに答える大智に、思わず言い返してしまう。

「サイズとか知ってたの？　私、教えてないよね？」

「そりゃあ、きみのことならなんでも知りたいから」

本当に……？　私はあなたが好きなんだよ？

一瞬そう言いたくなったけれど、今は楽しく過ごしたい。できれば言い争うようなことなく、幸せな本物の夫婦になりたいと願うのは、無理なことだろうか。

でも、それを目指すって決めたんだもの。

「じゃあ、後で着てみる」

「本当に？　やった！」

無邪気に喜ぶ大智に、やはり自分はこういう魅力が足りなかったのだと思った。

それにしても日のある時間に、他人の目がないホテルの部屋の中とはいえ、裸でうろつくのは抵抗があって、陽菜はバスローブに身を包んだまま中腰でテラスに出た。

先に湯船に浸かっていた大智は、その姿を見て苦笑する。

「俺以外誰も見てないよ。見えるようなところに連れてくるはずがないだろう？」

「それはわかってるけど」

踏み台に乗って片脚を湯船に入れながらバスローブをたくし上げていく陽菜に、大智は笑って手を貸してくれた。

「ふあー、気持ちいい」

ようやく温泉を楽しめる状況になり、陽菜は目を細めて景色を見渡した。強羅の山々が目に染みるような深緑だ。

「いい景色だね、大智――」

同意を求めて顔を向けると、大智は食い入るように陽菜を凝視していた。指先で湯をかけてみるが、視線は揺らがない。

「なに見てるの」

「見るだろ、当然」

「これまでにけっこう見てると思うけど」

「全然足りない。老衰で死ぬときも、もっと見たかったって悔やむと思う」

「老衰って、どんだけなの」

思わず笑ってしまい、けれど、そうなったらいいのにと思う。

ううん、努力するって決めたんだから、そうなることを目指そう。

少なくとも今の大智の態度は愛情深く、陽菜を楽しませようとしてくれている。ならば疑心暗鬼にならずに、このまま受け入れて楽しめばいい。

陽菜をガン見していた大智だが、ふと陽菜の視線に気づいたらしく、反射的に身を捩《よじ》った。

「なに？」

「私も大智を見ようと思って」

怪訝そうな顔をしたものの、すぐに陽菜が張り合っていると思ったらしく、ニヤリとする。

「そういうことなら、どうぞ好きなだけ」

湯船の縁にもたれて脚を開いた大智は、陽菜にも同じポーズを促すような目を向けてきた。挑発だとわかっていても負けん気が頭をもたげて、陽菜は膝を立てる。そしてゆっくりとそれを開こうとしたとき、大智がしぶきを上げて抱きついてきた。

「わかった！　降参！　陽菜の勝ちだ。まだ夕食には早いし風呂を出て、今度はベッドの寝心地を確かめないか？」

陽菜に否があるはずもなく、立ち上がった陽菜は大智にバスローブで包まれ、高原のひんやりした空気の中から室内へ戻った。

ソファに座ってミネラルウォーターで喉を潤していると、大智が隣に腰を下ろして、ずいと膝を寄せてきた。その手には件のセットアップがある。

「約束だ」

「……わかってるよ」

拒否したところで他に身に着けるものがなかったら、そっちのほうが困る。

それに、嫌というわけではない。大智のリクエストなら、断る手はない。今の陽菜は少しでも大智の関心を引きたいのだ。

「じゃ――」

下着を受け取って立ち上ろうとすると、大智に引き止められた。

「ここでいいだろう」

ぎょっとしつつ、引きつりそうな顔で笑みを浮かべる。

「よくはないような……」

いやいや、大智のリクエストだから！　応える以外ナシ！

「……はい、ここで」

それでも目の前というのは抵抗があって、陽菜はベッドのそばに位置を決めた。ここなら天蓋のカーテンが、多少なりとも目隠しをしてくれる。

バスローブを着たまま、先にショーツを穿《は》いた。デザインにばかり気を取られていたけれど、身に着けてみると、かなり露出が大きい。ヒップの丸みなど、半分以上隠れていない。

これは……日常生活には向かないやつだ。男の人はそういうところまで気がつかないから——。

いや、あえての選択という可能性もあるのだろうか。というか、男性が相手に下着を贈る場合、それを着て毎日を快適に過ごしてほしいと願うのではなく、身に着けた相手を鑑賞したいと思うのがふつうか。

そんなことを考えながら、陽菜はブラジャーを手にした。果たしてこれは、どのくらい陽菜をカバーしてくれるのだろう。サイズ表記を見た限りではドンピシャで、手にした感覚も所持品と大差なさそうではあるが。

さすがにバスローブを羽織ったままでは身に着けられず、陽菜はバスローブを脱いで、ブラジャーに腕を通した。カップに乳房を収めると、そのソフトな包み心地に目を瞠る。

大智が選んだものだから、きっと高級品に違いなく、見た目だけでなく機能性も充分ということだろう。

背中のホックを留めようと手を伸ばすと、いつの間にか歩み寄っていた大智の手に触れた。

「わ、びっくりした」

「手伝うよ」

大智は手早くホックを留めて、背後から陽菜の胸に手を伸ばした。

「どう？　ジャストサイズだろう」

肩口で囁かれ、吐息が擽《くすぐ》ったい。

「……そう、みたいです……」

「こうだっけ？　脇から肉を集めて——あれ？　ないなあ」

「やだ、どうしてそんなこと知ってるの？」

「陽菜はきっちり胸だけについてるんだな。すばらしい」

「恐縮です……」

せっかくだからとかなんとか、大智はよくわからないことを呟きながら、ブラジャーの位置の微調整に余念がない。

「はい、できた。うーん、我ながらいいセンスだ。ああ、もちろん陽菜がきれいだからよく見えるんだけどね」

正面に回った大智は、陽菜の全身をつぶさに見回して、大きく頷いた。

「うん、とてもすてき。ありがとう、大智。それじゃ——」

バスローブに手を伸ばそうとすると、その手を掴まれて引っ張られた。

「きみもちゃんと見て」

ドア近くの壁にはめ込まれた姿見の前に連れていかれ、映し出された自分の姿に、陽菜は思わず目を逸らした。下着姿で鏡の前に立つことなどめったにない。

「どう？　ちゃんと見て」

背後に立った大智に顎を取られ、陽菜は鏡の中の自分と対峙させられた。やはり胸が主張しているなと思う。小さいものを大きく見せるのはけっこう手があるのに、逆はむずかしいのが不公平だ。

「きれいだろう」

「……胸が大きすぎる」

「ええ？　絶妙なバランスじゃないか。触り心地もいいし——」

掬い上げるように手のひらで包まれて、鏡の中の陽菜は戸惑って顔を歪《ゆが》めた。いつもされていることだけれど、第三者的な視線で見るとドキドキしてくる。

「ちょっと、大智——あっ……」

首筋を吸われて、陽菜は背を反らした。その弾みで胸元にあった大智の手がブラジャーのカップごと動き、片方の乳房がこぼれ出る。いきなり生々しさを増した光景に、陽菜は目を瞑《つぶ》って立ちすくんだ。

「もう、暴れるなよ」

大智はそう言いながら、露わになった胸をまさぐる。指の間から覗いた乳頭が硬くなっていくのを感じ、それが見た目にもわかるような気がして、頬が熱くなった。大智の昂ぶりが腰に密着して、さらに惑乱する。

「可愛いな、陽菜は」

舌で耳朶《じだ》を舐められ、その感触に気を取られていると、ショーツに触れる指に気づいた。

「……だ、大智っ……」

ショーツの上から秘所を撫でられる。シルクサテンの滑らかな感触が心地よくて、恥ずかしいのにため息が洩れそうだ。

「あ、……ああ……」

薄い布越しにスリットをなぞられ、太腿から力が抜ける。大智に半ばもたれかかってしまい、もっと触れてほしいというように腰が反る。

「濡れてる……」

その声に眇《すが》めた目を向けると、首筋にキスをされながら胸を揉みしだかれ、秘所を玩弄《がんろう》される己の姿があった。ショーツの中心が濃い色に染まっている。

「やっ……」

ここにきて羞恥が限界に達し、陽菜は身を捩ったが、大智の腕から逃れられない。

「どうして。感じてくれたんだろう？　ここがいい？」

ショーツの中に潜り込んできた指に、膨れた花蕾を捏《こ》ね回される。蜜にまみれたそれが滑るたびに弾かれるような刺激を受けて、陽菜は激しく見悶えながら達した。

大智に支えられたまま、荒い息をこぼす唇にキスをされる。陽菜は我知らずその肩に両腕を絡ませていた。

横抱きにされて、ようやくベッドに連れていかれた。脱力感が去ると急激に大智が欲しくなって、陽菜は大智を引き寄せるようにして自分からキスを求めた。脚を絡ませる陽菜に、大智はいつになく性急に押し入ってくる。

「んんっ……」

たちまち悦びが押し寄せて、大智の動きに合わせて陽菜も腰を揺らした。ブラジャーはみぞおちあたりまで押し下げられ、ショーツも片方の太腿に引っかかったまま、夢中で互いを貪った——。

山の陰に太陽が沈んで室内が薄暗くなったころ、大智はベッドから下りた。

「水飲むだろう？」

「いただきます……」

自分の声が掠《かす》れていて、ぎょっとする。いったい何度達したのだろう。

大智もいつも以上に精力的で、環境が変わるとやはり新鮮な気分になるものなのだろうか。

戻ってきた大智を迎えようと身を起こした陽菜は、下着に触れて慌てて手を引っ込めた。心なしか湿っているような気がしたのだ。

しかしはっとして、ブラジャーとショーツを胸に抱く。

「もう、こういうのは手荒に扱っちゃだめなの！」

「しょせん下着だろう」

「でもこんな高級品……早く手洗いして乾かさないと」

己の水分補給よりそっちが先決だと動こうとした陽菜の手から、大智は下着を取り上げた。

「まあまあ、そんなの後でいいって。心配しなくても、他にも用意してある」

陽菜にミネラルウォーターのボトルを渡して踵を返した大智は、ボストンバッグの中からトラベルポーチを取り出して戻ってきた。それが入っているのは確認していたけれど、大智のポーチだから中を見ていない。

「そこにも入ってるの？」

用意周到で安堵するが、高い下着を二セットも買ったのかと思うと、嬉しいよりも困惑が上回ってしまう。

「特別仕様だ」

「特別……仕様？　……あっ！」

ポーチから出てきたのは、色こそシャンパンベージュでおとなしめだったが、ほぼレースという代物だった。ブラジャーにカップなんてものは存在せず、胸をホールドするどころか、バストトップをカバーすることもできない。ショーツに至っては、前面に小さな三角形のレースがあるだけで、サイドもバックも紐《ひも》だ。

「これは下着の役目を果たさないよ……」

慄きつつ呆れた陽菜の呟きに、大智は白々しく答えた。

「そうか？　じゃあ試しに着てみないか」

翌日は夕刻前に都内に戻り、大智の提案で叔母の店で夕食をとることにした。車内から予約代わりに電話をかけると、『大歓迎よ。太刀川さんは、苦手なものはあるかしら？』と喜んでくれた。

揃って『とりはね』の暖簾を潜り、着物姿の叔母の出迎えを受ける。

「いらっしゃいませ。ふたり揃って会えて嬉しいわ」

「ご無沙汰しております」

「叔母さん、これ箱根のお土産」

特に珍しいものではなかったけれど、焼き菓子の詰め合わせやかまぼこを手渡すと、意外なほど喜んだ。

「あら、お出かけだったの？　箱根！　いいわねえ。ありがとうございます、お気づかいいただいて。さあ、どうぞ――」

通されたのは奥の個室だった。

「お飲み物は――車なのね、お茶でいいかしら？」

叔母はスタッフに「お茶をお願いします」と声をかけると、襖口《ふすまぐち》で大智に指をついた。所作が美しいと、改めて気づく。

「おかげさまでこのとおり、お客さまが増えましたわ。なんとお礼を申し上げたらいいやら」

「いいえ。データを拝見しましたが、コラボ客の再来店数もけっこうあって、お店の力によるところだと思います」

「踏ん張りどきと、心して努めてまいります。あら、今日は経営相談でなくお客さまでしたね、失礼しました。どうぞごゆっくりおくつろぎください」

運ばれたお茶を座卓に供して、叔母は去っていった。

「経営の相談まで乗ってくれてたの？　ありがとう。頼りにしてるみたい」

「ありきたりなことしか言えてない。女将《おかみ》の実力だよ」

真鯛《まだい》と水菜の磯辺和《いそべあ》え、白芋茎《しろずいき》と冬瓜《とうがん》の淡葛餡《あわくずあん》の先附《さきづけ》を口にした大智は、酒が飲めないのが残念だと言いつつも、ぺろりと器を空にした。

ウニと蓮根饅頭《れんこんまんじゅう》の澄まし仕立て、西京《さいきょう》味噌に浸けた卵黄を添えたマグロの刺身、骨切りしたハモの焙《あぶ》り、豚の角煮の湯葉餡《ゆばあん》かけ、叩いたエビを挟んだ加茂茄子《かもなす》の天ぷらと、見た目も味も唸る品が続く。

「板長、張りきってるなあ」

「打ち合わせのときに挨拶したけど、物静かそうな人だよな。職人って感じ。女将も朗らかだし、気取ったところがなくていい店だと思うよ。波に乗れば順調に続くんじゃないか」

締めは真鯛の炊き込みごはんで、大智は勧められるままにおかわりもした。

デザートが出るというので一緒にコーヒーも頼み、陽菜は化粧室へと席を立った。

化粧室を出ると、叔母が待ちかまえていた。

「あ、ちょうどよかった。私が払うから――」

「それはいいのよ。それよりあなたたち、上手くいってるのよね？」

真剣な表情で見つめられ、陽菜は言葉に詰まった。

その後、仕事で関わり合って人となりを知ったとはいえ、やはりいきなり訪れて求婚した足で陽菜を連れていった大智に対し、思うところはあったのかもしれない。黙って見送ってくれたのは、陽菜の気持ちを尊重してのことだろう。

そんな叔母に心配をかけたくなくて、陽菜は頷いた。

「だいじょうぶだよ。今は大智が忙しくて、入籍も後回しになってるけど、ほら、箱根にも連れていってくれたし……好きな気持ちは変わらない。ううん、もっと好きになってるかも」

それでもまだ叔母は陽菜をじっと見つめていたけれど、やがてふっと息をついて頬に手を当てた。

「そういうところ、姉さんに似てる。好きだからついていくの、って丈夫じゃないのに転勤の多い和孝《かずたか》さんのところに転がり込んじゃって」

母は陽菜が幼いころに病気で亡くなったので、あまり記憶はないけれど、今、その生き方には共感できる。母子なんだなと思う。

恋愛至上主義というのではなく、愛する人との時間を大切にしたい。そばにいられるなら、そのために頑張れる。

「私、幸せになるから。叔母さんもだよ？」

そう言うと、叔母はらしくもなく狼狽えた。

「なに言い出すの、はるちゃんは……」

食事代はいいと言う叔母に、無理やり支払いをして、陽菜は大智の待つ個室へ戻った。

デザートは米粉のロールケーキと、若桃の甘露煮に柑橘《かんきつ》のジュレをかけたもので、陽菜は歓声を上げた。

「この若桃！　すごく美味しいの。食べてみて」

6

その日、『サンダーソニア』のオフィスに行くと、大智は不在のようだった。

しかし珍しく、紗羽だけがオフィスに残っていた。

「あ、お疲れさまです。いつもありがとうございます」

社長室に花を活けに入った陽菜に、紗羽は笑顔を見せた。

「失礼します……」

「わあ、きれいな色！　砂糖菓子みたい。なんて花ですか？」

「クルクマといいます。暑さに強い花なので、長持ちすると思います」

花に見えるのは苞《ほう》で、それが縦に重なってトーチのように見える。本来の花は、苞の間に小さく咲く。白と薄ピンクを選んできたが、紗羽は白いほうをしげしげと眺めている。

「この花って、ブーケとかにどうでしょう？」

そう訊かれて、陽菜はどきりとしながら紗羽を振り返った。

「……ウェディングですか？」

「ええ、将来の参考までに」

紗羽ははにかんで頷く。

陽菜はすうっと血の気が引くのを感じた。

……どういうこと？　結婚って、まさか大智と？　ううん、そうとは限らない。そもそも結婚の予定があると言ったわけでもないし……。

しかし紗羽の質問は衝撃的で、陽菜は動揺を隠すのに精いっぱいだ。

「……たしか、花言葉は『あなたの姿に酔いしれる』とか『乙女の香り』とか、『忍耐』とかだったと思いますけど」

「忍耐！　昭和の結婚みたいですね」

それきり会話は途絶えて、紗羽がキーボードを叩く音だけがする。

短時間で済む作業を、陽菜はことさらゆっくり手を動かしながらタイミングを探っていた。

『お相手はどんな方ですか？』

そう訊けばいいだけのことなのに、言葉が出てこない。答えは安堵するものかもしれないし、陽菜を絶望に落とすものかもしれないからだ。

やがてこれ以上直すところがなくなって、陽菜はワゴンをドアのほうへ向けた。

「……あの――」

振り返った陽菜に、紗羽は顔を上げる。

「……お相手の方はどんな――」

「ナイショです」

口元で人差し指を立てる愛らしいしぐさに、陽菜の焦燥は高まっていった。

ナイショってなに？　私には言えないってこと？

焦りが攻撃的な思考を呼ぶ。いくら大智だって、陽菜にプロポーズしたことは教えていないだろう。紗羽と結婚するつもりならなおさらだ。

無意識にいささか速いスピードでワゴンを押しながら、陽菜は心を静めようと努める。

……いやいや、待って、私。まだ事実はなにもわからない。勝手な思い込みは、自分を苦しめるだけだ。

何度となく大智を信じ、愛していくのだと己に言い聞かせながら、ちょっとしたことで動揺して挫けそうになっている。母のように信念をもって強く生きられない。

でも、大智への想いは変わらない。

そんなことを考えていたら、背後から声をかけられた。

「陽菜さん――」

五頭の声だと気づいて、陽菜ははっと振り返る。あからさまに警戒していると気づいたのだろう、五頭は苦笑を浮かべた。

「この間は申しわけなかった。ちょっと――いや、かなり動転して……きみにも大智にも失礼なことを言ってしまったと、後悔してたんだ。許してくれる？」

そう話す間も距離が縮んで、陽菜はワゴンの後ろに回り込んだ。

「いいえ……もう気にしてませんから」

大智があの場ではっきり牽制《けんせい》してくれたから、もう五頭も諦めがついただろう。それでも近づいてこられると身構えてしまうし、できればあまり会いたくない。

しかし陽菜のことはともかく、大智と五頭はその後どうなったのか訊けていないままだった。

今は楽しい時間を過ごすのを優先していたい。

五頭の態度からして、大智とも関係修復できたと思っていいのだろう。

「そう言ってもらえるとほっとする。あ、そうだ、これ――」

五頭は片手に抱くようにしていた花束を、陽菜のほうに向けた。カラーとヒマワリをメインにした夏らしい花束だ。

「仕事先でもらったんだけど、せっかくならちゃんと飾りたいと思って。陽菜さんが社内に活けてくれてるのを見てたせいかな？　レクチャーしてくれない？」

五頭の言い分に特におかしなところはなかったし、男性が花を飾ることに興味を持ってくれるのは嬉しい。

「そういうことでしたら、お手伝いします。こちらが終わってからでもいいですか？」

「もちろん。ラボにいるから、よろしくお願いします。場所はわかるよね？」

チームごとの作業部屋だけでなく、五頭は専用の個室を持っていた。ドアだけなら見たことがある。

作業を終えて、五頭のラボに向かったのは、いつもならオフィスを出ている時間だった。

叔母さんのところに顔を出そうと思ってたけど、休憩時間終わっちゃうかな？　準備のじゃまにはなりたくないし、明日のほうがいいかも。

そんなことを考えながらノックをして、声をかける。

「悪いね、時間を取らせちゃって」

「いいえ、失礼します」

入室してスライドドアを閉めると、自動で施錠されたようだ。ＩＴ系企業の開発部門となれば、企業秘密満載のトップシークレット領域で、当然のことなのだろうか。

ひとりで使う部屋としては決して狭くはないのだが、オフィス用のデスクの他にモニターが複数置かれた長いテーブルがあって、幅を利かせている。窓はブラインドが下ろされていて、日差しが届かないせいか、冷房がやけに強く感じた。

しかし花には好都合だったようで、なにも置かれていないテーブルの上で、生き生きとした姿を保っていた。

「ああ、お水に浸けておいてって頼んでおけばよかったですね」

「そうか、失念してた。なにしろ花を触ったことなんてほとんどないから。だいじょうぶかな？」

「元気そうですよ。その花瓶に活ければいいんですか？」

花束と一緒に置かれていたガラスの花瓶はやや小さめで、全部を入れるのはむずかしそうだと思いながら、とりあえず水を半分ほど注いだ。

花束を開いて種類ごとに分けたところで、陽菜は五頭に場所を譲った。

「ご自分で活けてみます？　お手伝いしますので」

生花用の鋏を差し出すと、五頭はいきなり陽菜の腕を掴んだ。鋏が床に落ちて跳ねる。

「な、なにを――」

五頭は手を振り解こうとする陽菜を引き寄せ、背中から拘束するように抱きすくめた。髪をまとめた項に、荒い息が吹きかかる。

「放してください！　私は――」

「まだ婚約者なんだろう？　あんな奴はやめておけ。俺のほうがずっときみのことを好きだ。たまたま知り合ったのが遅かっただけだ」

そういうことじゃない。陽菜が大智を好きなのだ。

身を捩って離れようとするが、ひょろりとしていても男の力は強く、片手で拘束されたまま身体をまさぐられた。

「考えてみろよ。俺が作った『サンダー』があったから、会社は大きくなったんだ。大智なんか飾りに過ぎない。俺の才能があれば、もっと稼いでみせる」

エプロンの上から胸を掴まれて、陽菜は五頭の足をめちゃくちゃに蹴り飛ばした。
自分はばかだ。あんなことがあったのに、ばか正直に五頭の言葉を鵜呑みにして、のこのこと
こんなところに来てしまうなんて。
「やめて！　私が好きなのは大智です！　こんなことをして、彼を裏切るつもりですか？　あっ
……！」
逆に五頭に足を掬われ、陽菜は床に倒れ込んだ。すかさず五頭が伸しかかってくる。両腕を床
に押しつけられ、顔を覗き込まれる。その顔には醜悪な嗤《わら》いが浮かんでいた。
「この部屋には防犯カメラがあるんだよ」
それがどうしたというのだろう。映されているなら、五頭の立場が悪くなるばかりではないの
か。なにをほくそ笑んでいるのか。
「きみがいくら否定しても、ちゃんと証拠が残るってことだ。他の男に抱かれたきみを、あのプ
ライドが高い奴が受け入れると思うか？」
……なんてことを――。
陽菜を手に入れるために、自分がこれまで築いてきたものも擲《なげう》つつもりなのか。その執念にぞ
っとし、五頭と密着しているこの状態に、嫌悪感でいっぱいになった。
「嫌っ！　放して！　誰か！」
「残念だけど、ここは防音だ。それに、カメラをリアルタイムで監視してる奴はいない。後での

お楽しみだ」

絶望する陽菜の表情を楽しむように、五頭は顔を近づけてきた。思いきり顔を逸らしたそのとき、ドアが音もなく開いて、荒々しい靴音が迫ってきた。

五頭が振り返るより早く、陽菜の上から引きはがされる。その向こうに見えたのは——。

「……大智っ……！」

一瞬だけ陽菜に視線を向けた大智は顔をしかめると、五頭の胸ぐらを掴んで、その顔に思いきり拳を叩きつけた。陽菜が聞いたこともないような鈍い音がして、よろめいた五頭はテーブルに身体を打ちつける。振動で花瓶が倒れ、床の上で粉々になった。

大智はなおも五頭の襟首を掴んで、拳を構える。

「ビデオを見てみろよ。彼女のほうからここに来たんだ」

五頭は唇の端が切れて、血が流れ出していた。その周囲も、次第に赤く腫れ上がってきている。

「呼びつけたのはあんただろう」

大智は五頭から手を離すと、陽菜のほうを振り返って、手を差し出した。一瞬躊躇っている間に、手を掴まれて立たされる。

「けがはないか？」

短い問いに陽菜も頷きだけを返すと、大智は上着を脱いで、陽菜の肩に掛けた。それからスマートフォンを取り出して操作する。流れ出した音声は、陽菜と五頭が廊下で交わした会話だった。

えっ……？　どうしてあれが……。

廊下にも防犯カメラはあるのだろうけれど、そこを確認してくるような時間は、大智にはないはずだ。

陽菜は驚いていたが、五頭は忌々しそうに吐き捨てた。

「盗聴器かよ」

盗聴器？　五頭さんに？　まさか、私に？

ますます混乱する陽菜を、五頭が見た。大智の一撃で、その顔はすっかり輪郭が変わってしまっている。喋《しゃべ》るのも困難そうだ。

「わかっただろう？　こういう卑怯な奴だ。きみのことだって本気じゃない。そうじゃなきゃ、すぐに飽きる。俺のほうが――」

「私が好きなのは大智です」

考えるより早く、言葉が口を突いて出ていた。それを聞いて大智がどう思ったかが気になったけれど、五頭の次の言葉で吹き飛んだ。

「こんなとこ、辞めてやる。そしておまえをつぶす」

五頭は歯噛みして大智を睨みつけていた。新たな血が口端を伝う。

しかし大智は平然と見返し、応えた。

「好きにすればいい。後継の開発メンバーも育ってきてる。あんたがいなくても、やってみせるよ。これまでの尽力には感謝するが、陽菜が被害に遭って黙ってるわけにはいかない。あんたがその気なら、こっちだって負けない」

冷静な言葉だったが、その奥に確固たる意志が窺えた。大智が翻すことは決してないだろう。

五頭は力任せに壁を殴りつけると、ラボを飛び出していった。

スライドドアが閉じ、施錠の音が響いても、陽菜は放心したように立ち尽くしていた。

決裂だ。大智と五頭の関係はもう修復不可能だと、部外者の陽菜にも感じられた。大智はああ言っていたけれど、五頭が抜ける穴はきっと大きい。『サンダーソニア』にとって、引いては大智自身にも大打撃だろう。その原因が自分にあると思うと、責任の重大さに慄きそうだ。

しかし窮地に駆けつけて救ってくれ、五頭にきっぱりと引導を渡した大智に、頼もしさと愛しさを感じてときめいてもいた。

「陽菜――」

大智は陽菜に歩み寄り、強く抱きしめた。

「間に合ってよかった……」

大智の上着に包まれて、彼のトワレが香る。

「……ありがとう、来てくれて」

「本当にどこもけがはないか？」

大智は陽菜の肩を掴んで、全身に目を走らせた。

「だいじょうぶ、なんともないよ」

しかし大智は悔しそうに唇を噛んだ。

「あいつ、陽菜に触りやがって」

見られていたのかと一瞬ぎょっとしたけれど、そう言えば五頭が盗聴器とか言っていた。あれはなんだったのだろう。いずれにしても、そのおかげで無事だったわけだが。

「ごめんなさい、私が油断してたの」

「いや、陽菜が謝ることじゃない。でも状況を知ったときは、血の気が引いた」

今さらのように大智は、陽菜の肩を掴んだまま俯いて大きく息をついた。

「近くの店で仕事相手とランチミーティングだったんだ。駆けつけられる距離で本当によかった」

「えっ、仕事は？　大変！　早く戻らないと——」

「食事も打ち合わせも済んで、雑談でだらだら引き延ばされてただけだ。切り上げどきだったし、戻る必要はない。ちゃんとフォローできる秘書や部下が同席してるしな」

ほっとする陽菜に、大智は眉を寄せた。

「それより、その……嫌じゃないか？　盗聴器なんて」

「私につけてたの？　全然気づかなかったんだけど」

だいたい大智のほうが先に家を出るから、その後、陽菜が着替えて出かける可能性だってある。バッグなどに忍ばせるにしても、仕事中は持ち歩いていない。

「あ、スマホ？」

常に手元にあるものと言えば、それくらいだ。ちらりと目をやると、大智からの着信が何件も入っていた。きっと、五頭のラボには行かないようにと伝えたかったのだろう。

「違う。これ――」

大智は陽菜の耳に触れた。そこにはプレゼントされたピアスがある。大智につけてもらって以来、外していない。一度外そうとしたのだが、上手くできなかったのだ。

「ピアス？　こんな小さなもののどこに？」

「そこは、餅は餅屋ってやつだな。防犯の専門家に相談して、最新式のやつを組み込んでもらった。外されないように、そこも改造してもらって」

大智の説明に、陽菜は呆気にとられた。そんなものが作れるのかと感心していたのだが、大智は沈黙を別の意味に取ったらしく、焦ったように言葉を続けた。

「言いたいことはわかる！　たとえフィアンセだろうと、プライベートが筒抜けなんて嫌だよな。でもあんなことがあって、心配だったんだ。それから、四六時中音声を確認してたわけじゃない。さしあたって注意したいのはオフィスの中だったたから、それ以外はＧＰＳにしてた。せめて事前に了承を得るべきだったのはわかってる。でも、嫌だって言われたら――」

陽菜は大智の手を握って、かぶりを振った。

「ううん、そのおかげで助かったんだもの。ありがとう、気にかけてくれて」

大智はほっとしたように微笑み、改めて陽菜をハグした。

しかし、陽菜は気にかかっていた。五頭も大智ももはや引き下がりはしないだろうが、本当にこれでよかったのだろうか。

大智は後継の開発者が育っていると言っていたけれど、五頭の才能は別格だと素人の陽菜にも感じられる。その彼を失って、『サンダーソニア』はやっていけるのだろうか。

もちろん、大智の手腕は信じているが、成功に導いているのはそれだけではないだろう。

やっぱり……私のせいだ……。

それに、未遂で済んだことを陽菜は安堵したけれど、大智は激高していた。あれはやはり、自分のものを奪われそうになった怒りなのだろう。

あのまま五頭に襲われていたら、と思うとぞっとした。五頭の言葉ではないが、他の男に汚された陽菜は、もう見向きもされなくなっていたかもしれない。

「震えてるな。もうなにも心配ない」

囁きは優しくて、こめかみに触れた唇は温かい。

けれど、それは本物で、陽菜だけのものなのだろうか。

数日後、陽菜がアルバイトから帰宅すると、たたきに大智の靴があった。

え……？　今日は遅くなるから、夕食もいらないって——。

時刻はまだ夕方というにも早い。もしかしたら、体調を崩して帰ってきたのだろうか。陽菜は買い物袋を玄関に置き去りにして、寝室へ向かった。

「おかえり」

リビングの前を通り過ぎようとして声が聞こえ、陽菜は慌てて開いたままのドアに飛び込む。

大智はソファに座っていた。上着は背もたれに掛けられ、ネクタイを緩めただけで着替えてもいない。見上げる眼差しは、いつもの溌溂とした力強さが感じられず、陽菜は滑り込むように隣に座った。

「どうしたの？　具合が悪いの？　連絡してくれたら、すぐ帰ってきたのに——あ、体温計——」

大智は立ち上がろうとした陽菜の腕を掴んで、引き戻す。

「体調はなんともない。いや……ちょっとショックというか、思いがけないことがあって。きみと話したいと思って、後回しにできることは残して帰ってきた」

具合が悪いわけではないとわかってほっとしたものの、ショックだとか話したいとか言われて、にわかに緊張する。

なにかよくないことが？　あ——。

「五頭さんがなにか？」

そう訊くと、大智は苦笑を浮かべてため息をついた。

「その件はもう済んだ。気にするなって言っただろう。むしろ、きみには早く忘れてほしい」

「はい……ごめんなさい」

陽菜は謝りながら、では、なにがあったのだろうと頭を回転させる。

大智が早引けするなんて、会社になにかあったとしか――ああでも、それなら逆に泊まり込みだよね。他にって……なに？　あっ、事故とか？　でも自分でテキパキ処理しそうだし、私に改まって話をするということでも……じゃあ、いったい――。

「親父から連絡があった」

「はい――えっ……？」

陽菜が顔を上げると、大智ははっきりと頷いた。

……お父さんから？　それって……。

「パーティーに行ったそうだな」

「うっ、それは……」

そうか、それもバレてるんだ……。

「あの、出席はしてないから！　招待状は大智宛だったし、代理ってことでお花だけ受付に――」

「それもわかってる。広希から聞いた」

広希さんとも連絡済みなのね……。

大智は怒っているのだろうか。招待状を受け取ったときから素っ気ない態度だったし、行かないと即答だった。それなのに、陽菜が花束なんて持って行ったから。それに勝手に「大智と一緒に挨拶しにいきたい」なんて書いてしまった。

自分が関知しないところでそんなことをされたら、やはり勝手な真似をしたと思うのが当然か。

でも、私は……。

「一度ふたりで顔を見せに来い、と言ってた」

「私……できるならお父さんとの仲を修復してほしいの。それに私も、大智の家族と親しくしたくて……もう、親孝行はできないから。だから、よけいなことかもしれないけど――」

「『あのときはつい口が滑った。今はもうおまえが自分の道を進むことに反対していない。実績を積み重ねているわけだしな』」

いきなり大智の口から流れ出てきた台詞に、陽菜は目を瞬いた。それに対して、大智は苦笑する。

「あの親父がそう言ったんだよ？　俺も耳を疑ったくらいだ」

大智のお父さんが……。

大智は呆然とする陽菜の肩を抱き寄せると、小さな子をあやすようにポンポンと叩いた。

「よけいなことだなんて思ってない。きみはすごいな。俺が何年もできなかったことを、やってくれた」

大智が人を褒めるのは性分のようなものだが、ここで発揮されても本心なのかどうか不安でしかない。

「そんなことないよ、私がそうしたかっただけで……あのね、聞いてくれる？　私、大智に幸せになってほしいの。そのためなら、できることはなんでもしたくて。でもそれは自分の尺度でしかないから、大智が本当に望んでるかどうかはわからなくて」

「俺にはできなかったって言っただろう？　きみが繋ぎ直してくれたんだよ」

本当に……？　本当によかったと思ってくれてる？

そうだと信じたくて、でも不安で――ああ、そうだ。そんなことばかりだ。

「大智が好きなの」

陽菜は迸《ほとばし》りそうな想いを伝えた。

「ずっと、大智が好き」

「陽菜――」

大智が呼ぶ声を遮るように、陽菜は胸の中で顔を上げた。

「でも、大智はそうじゃないかもしれないって」

「ちょっと、陽菜――」

大智は焦ったように割り込もうとしたが、それにかまわず言葉を続ける。

「それでもそばにいたい、ちゃんと好きになってもらってやり直したいって思ってる。だから……私を奥さんにしてくれる？」

大智は思いがけないことを聞いたかのように目を瞠っていた。その時間が長ければ長いほど、陽菜の胸は苦しくなる。

「なにから言えばいいのか……そんなに信用されてなかったってことが、かなりショックなんだけど――」

大智は短く息をつくと、陽菜の手を握った。

「きみ以外の誰を妻にするっていうんだ。プロポーズは二度もしたはずだけど、信じてもらうにはまだ足りないのか？　もちろん信じてもらえるまで、喜んで求愛するし、エンゲージリングだって渡す」

真っ直ぐに見つめてくる双眸《そうぼう》には、なんの翳《かげ》りもない。大智の言葉が真実だと、陽菜の胸に響いてくる。

「でも……」

大智の周りには魅力的な女性が多い。その筆頭は紗羽で、ふたりを知る者は親密さを感じている。いずれゴールインすると疑っていないくらいに。

そして陽菜も、そんなふたりの姿を目撃している。嫉妬と言われてもいい。いや、まぎれもなく嫉妬だ。これを消してほしい。

「篠原さんと一緒のところを見たよ……」

「そりゃあたいがい一緒に動いてる――」

そう答えかけた大智は、はっとしたように目を瞠った。

「もしかして銀座でか？　あの日きみもネクタイを買ってきてくれたし、ＧＰＳを確認してニアミスかと思ってたけど……そうか、現場を見たら、カップルがいそいそと宝飾店に入っていったように見えるよな」

まさにそのとおりだったわけだが、大智は平然として、第三者のようなコメントだ。

「たしかに彼女と店に行ったけど、それはきみとの結婚指輪の下見だよ。絶対あの店のがいい、買った自分が言うんだからって勧められて」

「買った自分……って……」

「篠原だろ」

「篠原さんが……結婚指輪？　誰との？」

「篠原の彼氏に決まってる」

「篠原さんの彼氏!?」

鸚鵡《おうむ》返しを繰り返していた陽菜は声を上げた。

「って、誰？」

「まだナイショだって。でも、なんだかもう一緒に住んでるっぽいな」

ナイショって……そんなこと言ってたな……。

ぼんやりと思い出したけれど、紗羽に結婚を前提とした相手がいたとは、想像もしていなかった。

「どうして結婚指輪の下見を他の女としなきゃならないんだって、冷やかしのつもりだったけど、ちょっと気になるのがあったから、今度一緒に見に行こう。ああ、陽菜が考えてるのがあるなら、それでもいいよ、もちろん。でも、まずはいろいろ見て回りたいな。ふたりで思いきり悩んで迷うのが、結婚指輪選びの醍醐味だろう」

陽菜との計画を話すのに夢中で、紗羽の件はあっさり否定して関心もないとばかりの大智に、自分はなにをあんなに気を揉んでいたのだろうと、陽菜は脱力した。疑心暗鬼なんて、そんなものかもしれない。

「さあ、他になにか気になることは？　なんでも答えるよ。それできみが安心してくれるなら、むしろ訊いてほしい」

気になること、訊きたいこと――それはいつだってひとつだけだ。

「大智……私を好き？」

これまでの会話できっとそうだと思いながらも、はっきり聞きたい。まだ息を潜めている不安も苦しさも、全部吹き飛ばしてほしい。

大智は陽菜の頬を手で包み、目を細めた。

「好きだよ。陽菜を愛してる」

その声がしみ込んで、胸が熱くなる。何度も言ってもらった言葉だけれど、今ほど嬉しく素直に受け止められたことはない。

「俺はとっくにやり直してるつもりだった。というよりも、ずっと陽菜が好きだった。離れても、何度だって攫いにいけるくらい――」

唇が近づくのを、陽菜は目を閉じて待った。

そっと触れたと思うと、すぐに深く重なってきて、舌が口腔《こうこう》に忍び込んでくる。弱い上顎を擽《くすぐ》られて、陽菜は小さく呻いた。しかし大智の勢いは増して、ソファに押し倒される。

「んっ、……大――」

言葉も息も奪われて、陽菜は広い背中にしがみついた。この人は自分のものだ。自分だけの大智だ。

胸をまさぐられるのを感じ、心の喜びに身体の喜びが徐々に加わっていく――とそのとき、ふいに大智の腹が鳴った。

えっ……？

ぴたりと互いの動きが止まり、室内に静寂が訪れる。そこにもう一度、だめ押しのように腹の虫が響き、陽菜は大智を押しのけて身を起こした。

「……悪い。親父からの連絡があったのが、ようやく昼食をとれるってときで、慌ててそのまま帰ってきたもんだから――あっ……」

大智が言いわけめいた説明をする間も、彼の腹は空腹を訴えている。

「急いでなにか作るね」

「いや、俺は陽菜を食いたいんだけど」

「なに言ってるの、だめだよ。食事は基本なんだから。それに、お腹が鳴ってたらお互いに気になるでしょ」

「すまない……」

「ちょうどよかった。買い物してきたし——いけない！　玄関に置きっぱなし」

陽菜が慌てて玄関に向かい、食材をキッチンに移動させて、調理に取りかかっている間に、大智は着替えその他を済ませたようだ。

メニューはボンゴレビアンコと、作り置きしておいたラタトゥイユと鶏ハムのサラダ。

「ちょっと早いけど、夕食だね。後でなにか食べたくなったら、言って」

いただきます、と挨拶した大智は、けっこうな勢いでパスタの皿を攻略していく。

「慌てないで。……美味しい？」

「美味い」

答える時間も惜しいとばかりに頬張る大智を見ていると、彼もさっきまで空腹を忘れるほどいろいろ考えていたんだなと思う。

陽菜は鶏ハムを口にしながら、呟くように言った。

「私、だめだなって思った。ひとりで思い込んで悩んでるより、最初から大智に訊くべきだったよね」

「まあ、その辺は遠慮してほしくないかな」

ようやく人心地がついたのか、大智はグラスの水を飲みながら控えめに同意した。

「仕事で帰りも遅いし、休みの日も出かけてるのに、大智を困らせることになったら嫌だなって思って――」

喉に詰まったのか、大智が拳で胸を叩いた。

「だいじょうぶ？」

身ぶりで続けるよう促されて、陽菜は正直に打ち明ける。

「本当は、自分に自信がなかったんだと思う。大智はあっという間に夢を実現したのに、自分は停滞したままで……そんな私を、どうして大智が選んでくれたんだろう、って。今はこうしていても、なにかのきっかけで終わるんじゃないかって考えたら、大智に面倒だとか鬱陶しいとか思われそうなことは言えなくて」

「忙しくても、きみの話を聞くキャパはあるつもりだ。ていうか、最優先するって。会社を作ったのもそうだけど、俺の人生の原動力は陽菜だからさ」

そうなのだ。こうやって話をすれば、大智の気持ちにわずかの迷いもないことが、ちゃんと伝わってくる。

「うん、ありがとう。今は信じてるけど、これまではそれも疑問だったんだ。大智がプロポーズしたのは、ひどいことを言って別れた私が許せなくて、プライドを傷つけられたのをなかったことにしたいのかも、とか……」

それを聞いて、大智は苦笑した。

「そのとおりだったとしたら、俺ってかなり最悪じゃないか？」

「本当にごめんなさい。最悪なのは、そんな想像をしていた私です……」

「そう疑いながらも、俺を好きでいてくれたんだろう？」

陽菜はこくんと頷いた。

「最初はね、それでもいいと思った。でも、いつかは本当に愛されて、幸せな夫婦になりたいって――」

カトラリーを置いた大智の手が伸びて、陽菜の手を握る。指先が撫でる陽菜の薬指に、今は指輪がない。アルバイトの日は身につけていないからだ。

しかしこの夏の日差しは強く、日焼け止めを塗っていても、いつの間にかうっすらと指輪の跡が白く残されていた。仕事で忙しい中でも、大智が陽菜を連れてあちらこちらへ出かけてくれた証拠でもある。

「……本当にだめでばかで、ごめんね」

「そんなに貶《けな》さないでくれないか。俺にとっては最愛の可愛い人だよ」

陽菜は顔を上げて、優しく微笑む大智に笑顔を返した。

食事を終えると後片づけもそこそこに、大智は陽菜をバスルームへ引っ張っていった。ようやく日が暮れた時間で、風呂には早いのではないかと言ったのだけれど、「最終的に寝るのはいつもと同じ時間になるから」と返された。

バスルームで互いを洗い合ううちに愛撫に変わり、そのまま交わった。大智の熱を直に受け止めたのは初めてで、そのことにおかしいくらい昂ってしまった。

「だいじょうぶ、歩けるよ」

「このくらいさせろよ。歩く元気はこの後に持ち越してくれ」

バスタオルで包まれた陽菜は、大智に抱き上げられてベッドルームに移動した。

ベッドに横たえられても、まだ余韻に身体が痺れていた。大智は寝室にある冷蔵庫からミネラルウォーターのボトルを取り出し、キャップを取って陽菜に渡してくれた。

「ありがと……」

ボトルを返したときに、身体の奥から溢れ出るものを感じて狼狽える。そっとバスタオルを手繰り寄せて大智を窺うと、気づかずに水を飲んでいた。

タイミングがいいと言うべきなのか、今はいわゆる安全日の期間だけれど、避妊なしの行為である以上、可能性は考慮している。それに大智の愛が自分にあると知って、子どもを持つことにも前向きに感じられた。

夢を叶えるのは先延ばしになるかもしれないが、焦りはない。大智がそばにいてくれるなら、なんでもできそうな気がする。

「なに笑ってるんだ？」

「ちょっと未来のことを考えてた」

「ここは、さっきはすてきだった、って言うところだろ」

「そんなの、わかってるくせに」

「いや、ちゃんと言ってくれないと。身体に訊くって手もあるな」

「あっ……」

バスタオルを捲られ、全裸を晒《さら》す。大智の視線にすら感じてしまって、肌がちりちりとざわめく。

大智は陽菜の首筋にキスをしながら、両手で掬い上げるように乳房を揉んだ。弛緩《しかん》していた乳頭が張りつめていく。舌で舐められ、口に含まれて吸い上げられると、甘い疼痛が湧き起こり、喘ぎが洩れる。

下腹に伸びた指に秘所を探られ、湯上がりだからではなく蜜で湿っているのを感じた。花蕾を弄ばれるうちに、さらに潤いが増してくる。

「あ、あっ……そんな、したら……」

容易《たやす》く熱が上がっていく自分の身体に、思わず愛撫の手を押さえると、名残惜《なごり》しそうに柔らかく乳頭を噛んだ大智は、身体を下にずらした。

「うん、じゃあこれで——」

吐息を感じた次の瞬間、舌で撫でられる。膨らんだ花蕾を捏ね回されて、陽菜はあられもなく腰を揺らした。

「やっ……あ、だめ……」

「本当に？　嫌ならやめるけど」

大智は囁きを吹きかけながら、するりと滑り込ませた指で、媚肉を掻き回す。それに応じるように、陽菜は身をくねらせた。

「だめ、……いい、いいから……っ……」

もはやなにを口走っているのか、自分でもわからない。でも、嫌だなんてことは決してなくて、むしろいくらでも感じたい。大智に与えられるものなら、すべて欲しい。

「そうだな、正直になんでも言ってくれないと。どんなことだって叶えてあげる」

大智の言葉は魔法のようで、陽菜のタガを外していく。快感に取り込まれて、それを追いかけ、できるだけ強く感じようとする。

「あ……いく、いっちゃう……」

返事はなかったけれど、いっそう激しく舌と指が動いて、陽菜は腰を跳ね上げるようにして達した。

びくびくと震える身体になおも愛撫を続けられ、苦しいほどの悦びに陽菜は大智の肩を掴んだ。

「……来て。大智がいい……欲しいの……」

大智は素早く身を起こすと、陽菜の腰を引き寄せた。蕩けきったそこに、熱い昂ぶりが押し入ってくる。息が詰まりそうな衝撃に、しかし陽菜は強い喜びに見舞われた。

大智は私のものだ。私だけの――。

激しく揺さぶられて、たちまち追いつめられる。今しがたの絶頂はなんだったのかと思うくらいに、大きな悦びが待ちかまえている予感がした。

「あっ、ああっ、……あっ――」

大智の腰に脚を絡ませたまま、陽菜は達した。媚肉がうねって、怒張を締めつける。大智が低く呻くのが聞こえた。

急激に自分の脚の重さを感じて、シーツの上に落とす。大智は少し位置を変えて息をついたが、今度はゆっくりと掻き回すように腰を入れてくる。

「危なく持っていかれるところだった」

ということは、大智はまだ達していないのだろう。

「ごめん……」

腕を伸ばして大智を引き寄せようとしたけれど、やんわりと制された。

「謝ることじゃないよ。インターバルのつもりで、少し楽に愉しんで。そのうちまた焦れてくるから」

「え、私はもう――んっ……」

心地いい抽挿はとろ火で焙られるようで、切羽詰まった快楽ではないものの、確実にふつふつと沸き立ってくる予感がもうしていた。

ていうか……変に余裕がある分、なんだか恥ずかしい……。

それに、こうやって大智を見上げていると、すごく色っぽく見えてしまう。洗い髪が乱れて額に張りつき、その隙間から覗く双眸が熱を帯びているようだ。リズミカルに動いている腰も、そこから発する音も、陽菜を昂らせていく。

「そろそろいきたい？」

「えっ……？」

大智は髪を掻き上げながら、陽菜を見下ろして薄く笑った。

「中がうねって、俺に絡みついてきてる」

頬が熱くなるのを感じて、陽菜は横を向いた。

「し、知らないもの。勝手に――あっ……」

両手で乳房を揉みしだかれ、続けざまに声が上がる。急速に呼び覚まされていく強い快感に、ねだるように腰が揺れてしまう。

大智は陽菜の背中を抱くと、一気に自分の膝の上に抱え上げた。深く埋め込まれた衝撃に身体を硬直させていると、そのまま大智は仰向けに倒れた。

「だ、大智——あ、あっ」

大智に跨った腰を掴まれ、下から突き上げられる。脳天まで響くような刺激に、陽菜は仰け反って喘いだ。乳房が大きく跳ねて、先端が痛いほど凝《しこ》る。

「あっ……ああ、もうっ……」

「いいよ」

陽菜はぶれる視界で大智を見下ろした。

「大智……一緒に……」

それを聞いた大智は微笑み、陽菜を抱き寄せて揺さぶった。

7

ウォークインクローゼットの姿見の前で、陽菜は何度も身体の向きを変える。

最終的に選んだのは、シルクリネンの濃紺のワンピースだった。シンプルなノースリーブで、テーラードのボレロがセットアップになっている。

初めてお会いするんだもの、やっぱりこのくらいきちんとしないとだよね？

バッグと靴は揃いの白にするつもりだけれど、アクセサリーはどうしたらいいだろう？　エンゲージリングをつけていくので、他は必要ないだろうか。

開いたままのドアをノックする音がした。

「まだかな？　なんだ、できてるじゃないか」

大智はすでにスーツを身に着けて、いつでも出発できる様子だ。陽菜が贈ったネクタイを締めてくれている。

「うん、これでいいかなと思うんだけど、座りじわとか心配なんだよね」

「気にしなくていい。もしものときは、俺が隠すから。ていうか、服じゃなくて中身を見せに行くんだから――あ、この場合は陽菜自身ってことで、裸を見せるわけじゃないからな」

「わかってるよ、そんなこと」

「当然だ。陽菜の裸を見られるのは、俺だけの特権だからな」

なんだか話がずれてしまったと思いながらも、予想よりずっと大智が乗り気のようで、陽菜は嬉しい。

「えっと、バッグの中身はこれでよし。あっと、手土産！」

「もう玄関に置いてあるよ。じゃあ、行こうか」

高級住宅地として名高い田園調布にある太刀川邸は、建ち並ぶ豪邸の中でもひときわ目を引く大きな家だった。都内にあって、車で門の中へ乗りつけられるなど、陽菜の常識では考えられない。

御曹司なのは知ってたけど……『ソード企画』だって大企業だけど……次元が違いすぎる……。

「着いたよ。どうした？」

シートベルトを外しながらこちらを見た大智に、陽菜は引きつった顔で答えた。

「緊張しちゃって……」

「パーティーに単身乗り込んでいったのに？」

「あのときは、大智のためにも動かなきゃって思ったから」

「じゃあ今日も、俺の顔を立てて会いに来てやったくらいのノリで。べつにどうってことないよ。ただのおっさんとおばちゃんだから」

「それを言うなら、私はどこの馬の骨ともわからない女だし――」

「違う」

大智は陽菜の手を握った。

「俺が選んだ最高の女性だ。俺は自慢しに来たんだよ」

ちょっとプレッシャーに感じなくもなかったけれど、大智と一緒なら頑張れる。それに陽菜は戦いにきたわけではなく、彼の両親とも親しくなりたいと思っているのだ。

洋館の玄関ポーチには、すらりとした女性が立っていた。年格好からして、大智の母親だろう。

車を降りた陽菜は、大智と並んでポーチ前の石段を上がった。

「母の頼子《よりこ》だ。こちらが結城陽菜さん」

「初めまして、結城陽菜と申します。本日はおじゃまいたします」

「お待ちしておりました。さあ、どうぞ――」

太刀川夫人の笑顔に、陽菜はほっとして玄関に入る。吹き抜けのフロアは二階部分にステンドグラスの窓があって、漆喰《しっくい》壁をカラフルに彩っていた。

「すてき……」

「ほほ、ありがとう。でも、お掃除が大変なのよ。あ、吉田《よしだ》さん、お茶をお願いね」

家政婦らしき人に出迎えられ、いかにもなお屋敷感になんだか楽しくなってきた。

「全然変わってないな」

「家が？　私もでしょう？」

「ああ、そういうところが」

大智と夫人の会話は自然で、五年も没交渉だったとは思えない。やはりお互いに望んでのことではなかったのだろう。

「お父さんもサロンでそわそわしているわ」

リビングと応接間の中間のような雰囲気の広い部屋に通された。ここがサロンかと、聞き慣れない呼び名の部屋を見回していると、革張りの大きなソファセットに座った男性と目が合った。

「は、初めまして。結城陽菜と申します。本日はお休みのところを、お時間を頂戴しまして——」

「ああ、大智の父です。先日はお花をありがとう」

いかにも大企業のトップらしく、落ち着きと威厳が感じられる。ここが会社でスーツ姿だったりしたら、言葉もなく固まってしまいそうだ。しかしシャツにスラックスというラフな格好で、微笑まで浮かべてくれているからか、頼もしい親戚のおじさんのようで安堵した。

それに、夫人と会ったときも思ったけれど、大智に似ている。この夫婦の間に大智が生まれたのだなと感慨深く思った。

大智は——弟の広希も——頑固親父と言っていたけれど、そんなふうには見えない。

「お土産をいただいたのよ。『信元《しんげん》』の最中」

「大智さんに、お好きだと伺いましたので」

太刀川氏はちらりと大智に視線を移した。

「俺の好物なんか知ってたのか」

「一度に二個も三個も食べてれば、そう思うだろう」

互いに口調は素っ気ないけれど、内容は親子仲のよさを感じさせる。

席に着いて運ばれてきたお茶を口にしたところで、大智が切り出した。

「彼女と結婚する。入籍と結婚式はこれからだけれど、決まったら連絡するから」

「それはかまわないが、もう一緒に住んでるんだろう？　入籍だけでも先に済ませたらいいんじゃないか？」

「そうですよ。大智がよくても、陽菜さんのお家が心配するんじゃないの？」

「あ、いえ、両親はもう亡くなっていまして、高校からは叔母が親代わりをしてくれていました。叔母にはもう挨拶してくださったので」

陽菜の身の上に、太刀川氏は驚いた様子はなく、頷いた。

「大智から話は聞いています。叔母さんにもこちらからご挨拶したいので、ご都合を伺いたいとお知らせください」

えっ、大智が、もう？

結婚の報告はしたと聞いていたけれど、関係修復前だったからそんなことまで話していたとは思わなかった。しかし太刀川家にしてみれば、長男がどこの誰と結婚するつもりなのか把握しておかないわけにもいかないだろうから、聞き出したのも無理はない。

「フラワーコーディネーターを目指しているんですって？　実現するのを楽しみにしてますね」

「はい、ありがとうございます。でも、まだまだ先の話で――」

「そんなことはないでしょう。花束だってプロの手によるものかと思いました。これでも花をいただく機会はけっこうあるので、目はたしかなつもりです」

「恐縮です……もっと精進します。あ、でも、妻としても努めるつもりですので」

「独り暮らしでもなんとか生きてきたんですから、そんなに手間をかけずともだいじょうぶですよ。甘やかすとつけ上がる」

「親父が見本だよな」

「あら、私は甘やかしてないわよ」

親子の会話を聞きながら、なんだかとてもふつうだと、陽菜はいい意味で気が抜けた。いろいろ気にしていたけれど、ほんの少し噛み合わなかっただけだったのだろう。

そのとき、廊下を近づいてくる足音がして、サロンのドアが開いた。

「遅くなっちゃった。あ、陽菜さん、久しぶりです」

姿を現したのは、広希だった。

「広希、おまえ気安く名前を呼ぶな」

「えー、じゃあなんて呼ぶんだよ？　お義姉《ねえ》さん？　あ、なんかそっちもいいね」

「呼ぶ必要ない。ていうか、会わせない」

「まあ、大智。私はこれからも陽菜さんに会いたいわ。念願の娘ができるんですもの。ねえ、お父さん」

「うん、まあそうだな。大智は来なくてもいいが」

「俺は？　俺は来てもいいだろ？」

「陽菜は俺の妻だっての。娘が欲しけりゃ今からでも作れよ。おまえは彼女を作れ」

言い合う声を聞きながら、これが本当に五年も顔を合わせずにいた家族なのだろうかと、陽菜は驚きつつも笑みが浮かんだ。

帰りの車の中で、陽菜は驚くほど心が軽くなっているのを感じた。あんなに緊張していたのが嘘のようだ。

「よかった……反対されるかとちょっと思ってたんだ」

「ないない。今だから言うけど、今日行くって伝えてから、毎日のように親父やおふくろから連絡があって。やれ日程は早まらないのかとか、平日でも夜なら空いてるだろうとか、陽菜さんはなにが好きなのとか、お酒は飲むのかしらとか。忙しいのに」

「そんなに？　ごめんね、私に回してくれてもよかったのに」

大智は運転しながら、ちらりと視線を向けてきた。

「そんなことしたら、俺抜きで先に会おうとするに決まってる。何度も言うけど、陽菜は俺の——」

「妻になります」

途中で言葉を引き取ると、大智は前方を見ながら笑みを浮かべた。

「うん、そうなんだよな……嬉しい」


次の『サンダーソニア』でのアルバイトのとき、大智は社員に陽菜をフィアンセだと紹介してくれた。

婚約を秘密にしていたのは以前言っていたとおり、単純に陽菜を見せびらかしたくなかったからだった。大智いわく、五年のブランクで重篤《じゅうとく》な陽菜欠乏症を患《わずら》ったので、存分に補給して回復するまでは、陽菜を他人に会わせる気になれず独り占めしたかったとか。

しかし公言しなかったことが五頭の件を引き起こした一因でもあると考え、また、陽菜を不安にさせていたと知って、行動に移したとのことだ。

紗羽との仲が噂されているのはうっすらと知っていたらしいが、本人同士にその気がないのは明らかだったので、あえて否定に回ることもせず放置していたそうだ。

大智と紗羽の噂を信じていた者たちは驚いていたが、おおむね好意的に祝ってくれていると感じた。

「ハナちゃん、どうして言ってくれなかったの！　私、マズいこと言っちゃったじゃない」

「そうだよー。でも、あれはあくまでも噂！　気にしなくていいからね」

総務と営業の女子社員は必死のフォローに回って、今後は噂話も自粛すると謝ってくれた。

「気にしていませんから。それより黙っていてごめんなさい」

陽菜がそう言うと、ピッと指を突きつけられた。

「そこ！　よく言わなかったねえ。私だったらきっと言っちゃってたな」

「そういう決めたことを守るところも、社長はいいと思ったんじゃない？　夢を持って自分で叶えようと頑張ってるし、なにより美ボディの美人さんだしね」

「さっきの社長見てると、ハナちゃんにベタ惚れだって丸わかりだよねー。ああ、どうして気がつかなかったんだろ。社長もけっこうタヌキだよね」

そこに大智が陽菜を呼んだ。

「陽菜、開発の連中にも紹介するから」

きゃー、陽菜だって、と女子社員が騒ぐ中、陽菜は一礼して座を退く。

「バイトは続けるつもりなので、今後もよろしくお願いします」

手を振る女子社員に見送られて廊下に出た陽菜は、大智に連れられて奥へ進んだ。

そう言えば、五頭さんはどうしてるんだろう。

訊けば教えてくれるだろうけれど、なんとなく話題にしづらくてそのままだ。五頭の進退は社内の問題だということもある。

「そんなに身構えなくても、五頭さんはいないよ」

陽菜の心中を見透かしたかのような大智の言葉に、狼狽えて頷く。

「あ、そうなんだ……」

「うん、有休消化に入ったからね」

ということは、退職は決定しているのか。貯えもあるようだし、なにより才能がある人だから、心配する必要はないのだろう。むしろこれからは『サンダーソニア』のライバルとなるわけで、油断できない。

「商売敵になるんだね……」

呟くように洩らした陽菜に、大智は不敵な笑みを見せた。

「手強い相手だけど、負けるつもりはない」

大智がノックしてスライドドアを開けると、いきなりメンデルスゾーンの結婚行進曲が流れた。室内には十数人の開発部員がいて、立ち上がって拍手をしている。音源は、パソコンのひとつから出ているようだ。

「ご婚約おめでとうございます！」

黒縁眼鏡にチェックのシャツの社員の言葉に、大智は苦笑した。

「なんだ、早耳だな」

「社長、俺たちを引きこもって世間と隔絶してるって思ってませんか？　逆逆。情報社会の最先端にいるんですよ」

「まあ今回はアナログで、廊下を通りかかって聞いたんですけどね」

陽菜は改めて開発部の面々と挨拶を交わした。その間、大智はパソコンを覗き込んで、チーフと進捗《しんちょく》状況など話していたようだ。

「うん、順調そうだな。さっきの発案も面白い。それを組み込んで、次の会議に出せるか？」

「任せてください。今、かなりやる気になってるんで、徹夜してても仕上げてみせますよ」

「いや、体調優先で。それじゃよろしく」

部屋を出ていくときには邦楽のウェディングソングがかかって、陽菜は笑ってしまった。

「ラボに花を置くのは控えていたから、休憩室にしか入ったことがなくて、いつもみんな行き倒れたみたいに突っ伏してたのに。明るくて楽しい人たちだね」

「前向きに頑張ってくれてるしな。頼もしいよ」

廊下の先、社長室のドアが開いて、紗羽が姿を見せた。

「あ、社長。ちょうどよかったです。そろそろお時間が」

「うん？　そうか、わかった」

仕事が詰まっているのだろう。陽菜もそろそろ自分の仕事に取りかからなくては。

「じゃあ、ここで。時間取ってくれてありがとう」

「それはこっちの台詞だ。悪いな、もう出ないと——」

大智は軽く陽菜の肩を叩くと、踵を返してエレベーターホールのほうへ向かった。

……あれ？　篠原さんは一緒じゃないの？

振り返ると、紗羽は社長室のドアの前で一礼して引っ込んだ。

いつもどおりのルートで花を活け、グリーンの手入れをして、最後に社長室へ入った。紗羽はパソコンに向かってキーボードを叩いていたが、陽菜に気づくとふわりと微笑んで立ち上がった。

「改めてご婚約おめでとうございます。社長のお相手は結城さんだったんですね」

「あ、ありがとうございます。黙っていてごめんなさい」

何度目かの同じ台詞を返す。

そう言えば、紗羽は大智を宝飾店へ連れていったのだから、結婚の予定があることは聞いていたのだろう。

「みんな驚いてましたね。中には、社長と私が結婚するんだと思い込んでいた人もいたみたいで」

うふふ、と笑う紗羽に、陽菜はどう答えていいものか迷う。というか、今の言葉はなにか含みがあるのだろうか。紗羽はもう他に相手がいると聞いているけれど、本人から聞いていないのに、それを言うのもなにか違う気がする。

陽菜の様子がぎこちなかったのか、紗羽は慌てて両手を振った。

「あ、なにも他意はありません。まあ、正直に言うと、学生時代は惹《ひ》かれていたこともありましたけど、完全に一方通行でしたから、早々に諦めちゃいました。というよりも、他の人を好きになって」

「……そうなんですね」

噂は真贋《しんがん》入り交じりだったようだ。

「ここに入社したのは社長を追いかけてではなく、単に自由が利きそうだったからです。家繋がりの職場だと、監視されてるみたいで。つきあいも妨害されそうだったし」

「そういうこともあるんですね……」

紗羽は興和物産の社長令嬢だというから、もしかしたら家族が相手としてふさわしくないと判断したのだろうか。そのあたりのことで悩んだ陽菜としては、一気に親近感が湧いてしまう。

「あの、篠原さんのお相手はどんな方なんですか？」

以前訊いたときにはナイショだとはぐらかされてしまい、もしかして大智なのかと陽菜は気を揉んだものだった。

しかし今回は恥じらうように頬を染めながらも、訊かれたことが嬉しいというように、胸の前で両手を組んだ。

「背が高くてイケメンで、無骨だけど優しい人です。エンジニアなんですよ。今、頑張って結婚式の費用を貯めてくれてます」

……意外。お嬢さまと庶民のカップルだったんだ。しかも篠原さん、ベタ惚れじゃない？

「親にうるさく言われないうちに、さっさと一緒に住んじゃいました。近々入籍もして、木内《きのうち》紗羽になる予定です」

やっぱりもう同棲《どうせい》してたんだ！　それも意外。こんな、どこから見ても深窓の令嬢なのに、すごい決断力と行動力。

似たようなところがあるから、大智も紗羽を応援する意味で雇用を決めたのだろうか。もちろんその前に、仕事の処理能力を評価してのことだろうけれど。

「……おめでとうございます」

「いやーん、私のことはどうでもいいんですよ。ていうか、私が喋ったんですよね、すみません。なかなかこういう話できないから、嬉しくてつい」

可愛い人だなあ。それに、彼のことが本当に好きなんだな。

「私でよければ、いつでも」

脅かされる心配がないとわかったことも多分にあるのかもしれないけれど、紗羽とは仲よくなれそうな気がする。

「えっ、本当ですか？　お茶とか誘ってもいいですか？」

手を握られて、陽菜はちょっと引き気味になりながらも頷いた。

「あの、そろそろお花を活けますね」

ワゴンに載せていた花を取り上げると、紗羽は目を輝かせた。

「知ってます、トルコキキョウですよね？」

「はい、これもウェディングフラワーとして人気があります。花言葉に、『永遠の愛』がありますし」

今日、用意したのは、涼しげな薄いグリーンの花だ。

「ブーケは白と思い込んでいましたけど、こういう色もいいですねえ。迷うー」

「ご自分の結婚式なんですから、お好きなものでいいと思いますよ」

紗羽はちらりと陽菜を見た。

「お願いしたら、作っていただけますか？」

「えっ、私でいいんですか？　もちろん、喜んで」

「わー、嬉しい！」

今度は抱きつかれてしまい、陽菜はある意味大智とのハグよりもドキドキした。

帰りがけに通路で脇坂の姿を見つけ、一瞬足が止まってしまったが、脇坂のほうはどんどん近づいてくるので、しかたなく会釈して待っていた。相変わらず苦手意識はあるけれど、以前のようにビクビクしないのは、大智の気持ちをはっきりと知ったからだろうか。

「このたびはご婚約おめでとうございます」

「ありがとうございます……というか、とっくにご存知ですよね」

「一応けじめですので」

うーん、固い。そしてやっぱりちょっと苦手かも……。

早々に解放されたかったが、脇坂は言葉を続けた。

「社長のご家族との関係修復にご尽力いただき、ありがとうございました」

深々と頭を下げられて、陽菜は慌てる。

「えっ、いえ、そんな……私のしたことなんて大したことではありませんし、そもそもちょっとした気持ちの食い違いだったようですから」

「いいえ、お見事です。さすがは社長が選んだ女性だと感服しました」

ああ、そういう方向に……。

脇坂は彼らしくもなく戸惑うように、眼鏡のブリッジを指先で押し上げた。

「これまでの失礼な発言をお詫びします。どうも私は、思ったままを口にしてしまうきらいがあるらしく——」

どうやら誰かを相手にも率直な見解を披露して、こてんぱんに言い返されたらしい。悪気がなくても礼儀や思いやりは必要だ、と。いずれにしても、嫌われて意地悪を言われていたのではないとわかって、ほっとする。なんでも完璧にこなすらしい脇坂が叱られたというのもおかしくて
——その相手はいったい誰なのだろう？　とても気になる——陽菜はかぶりを振った。

「いいえ、すべて大智と会社のためを考えてくださってのことだと承知しています。これからもよろしくお願いします」

叔母と大智の両親を含めた顔合わせは、大智の父が行きつけのフレンチレストランで行った。いちばん喜んでもらいたかった人たちに祝われて、陽菜はこの上なく幸せだった。叔母と太刀川夫妻の会話が弾んだことも嬉しい。大智は子ども時代のエピソードを披露されて、嫌そうな顔をしていたけれど。

『戦隊ヒーローになりきって、二階のバルコニーから飛び降りて捻挫した話か、別荘の浴室に捕まえたカエルを放した話がたいてい出るんだよ。もはや持ちネタだ』

陽菜としては、大智にもやんちゃなころがあったのだと、新たな発見で興味深かった。きっとまだまだ知らないことがあるはずで、夫人に訊いてみたい。もちろん大智のいないところで。すでに夫人とは、叔母の店でランチをする約束をしているのだ。

翌日は大智とふたりで結婚指輪を買いに行った。

大智は都内の店を全部見て回る意気込みだったけれど、それではいつまで経っても決まらないと陽菜が止めた。事前に店だけを決めて、オーダーすることにした。

「すごく楽しそうだね。私は緊張でドキドキなんだけど」

まるで初めての遠足に向かう園児のようだと思ったのは、大智の幼少期のエピソードを聞いたからだろうか。

「そりゃそうだよ、ふたりだけの結婚指輪を買うんだから。陽菜にプレゼントを買うときも楽しいけど、それを上回るな。プレゼントを選ぶのはいくらでも機会があるけど、結婚指輪はこれが最初で最後だからね」

なるほど、そう考えると緊張なんてしている場合ではないと、陽菜も納得だ。

大智は服や小物にも凝るほうだと思うが、アクセサリーの類は身につけているのを見たことがない。もしかしたら、結婚指輪が唯一の装飾品になるかもしれないのだ。ずっとつけていてくれるような、大智に似合うものを選びたい。

予約をしてあったので、入店するとすぐ奥の個室に通された。

「太刀川さま、結城さま、本日はマリッジリングをお選びいただくと承っております。おめでとうございます。ああ、大変よくお似合いで……サイズもちょうどいいようでございますね」

主任の肩書がついたネームプレートの女性スタッフが、陽菜のエンゲージリングを見て目を細めた。

「はい、とても気に入っています。ありがとうございました」

この指輪も、この店で注文したものだという。海外の宝飾ブランド店も人気だが、日本屈指の老舗《しにせ》としての信頼は厚い。

「お気に召していただけまして光栄でございます。ではサンプルをお持ちいたしますので、少々お待ちくださいませ」

お茶を供されている間に、布張りのボードに載ったリングが運ばれてきた。

「オーダーをご希望と伺っておりますので、こちらの中でイメージに近いものやディティールなどございましたら――」

陽菜と大智はボードに並ぶリングを覗き込み、「これ――」と指で示した。図らずも同じリングだ。

「まあ、ご意見が揃って……こちらですね。お試しになりますか？」

長方形のパーツを繋いだように切れ込みが入ったデザインで、女性用は側面にメレダイヤがあしらわれている。

それぞれ指にはめてみて、互いのものも確認して陽菜は頷いた。

「このままでもいいみたい」

「いや――」

大智はリングを外し、つまんで眺める。

「こっちはあと一ミリ幅が欲しい。彼女の分はそのままで。材質はプラチナで――仕上げはどうする？」

大智の口からリクエストがポンポン飛び出し、その慣れた様子に唖然《あぜん》としていた陽菜は、いきなり振られて焦った。

「えっ？　仕上げ？　えっと……」

陽菜は指にはめていた指輪を見下ろした。

「それは鏡面仕上げ。そっちの——これなんかはマット。俺はこっちがいい」

「あ、じゃあ私もそれで」

揃えたほうがいいだろうと思ってそう言うと、大智は眉を寄せながらプラチナの鏡面仕上げとマット仕上げを見比べた。

「でも、金と比べてプラチナはおとなしめだからな。きみは鏡面のほうがいいんじゃないか？」

「……じゃあ、それで」

なんなの？　すごく詳しくない？　私、ついていけないんだけど！

ちらりとスタッフを窺うと、微笑を浮かべて頷いている。

「具体的にご指示いただけると、こちらも助かります」

本当にそう思ってる？　面倒な客だとか思われてない？　いや、この場合、私の主体性がないほうが問題なのかな？　だって、大智とお揃いならなんでもいいし。

「ああ、そうだ。ひとつだけダイヤを入れてもらおうかな。長方形で」

「すてきだと思います」

大智とスタッフは意見が一致したようだが、陽菜は慌てた。

「えっ？　ちょっと待って！　ここにダイヤが入るってこと？　大きくない？」

「エンゲージリングほどじゃないよ。カットも違うし」

「でも――」

べつにお金をかけてくれなくてもいいのだ。それに大智は、今後も陽菜のために散財しそうな予感が強い。

しかし大智は首を振って、陽菜の手を握った。

「絶対そのほうが気に入るし、似合うから」

人前なのも忘れてぽーっとしてしまい、陽菜は魅入られたように大智を見つめたまま、気づけば頷いていた。

後は改めてサイズを測り、裏面のメッセージなどを決めて、注文を終えた。

丁重に店から送り出されたところで、大智は腕時計で時間を確かめる。最近は男性でも腕時計をつける人が減ったと聞くが、自然なしぐさで時間を確認するところを見ると、やはりすてきだなと思う。

って言っても、私はつけないだろうな。どうしても必要なときは、ダイバーズウォッチになりそう。

「ちょっと急ごう。予約の時間が迫ってる」

「え？　なんの？」

「他にも用意しなきゃならないものがあるだろう」

車で移動したのは、ブライダルサロンだった。店舗の前で、陽菜は立ち尽くす。

「ここ……？　予約って……」

「ウェディングドレスを決めておかないと。なにはなくとも花嫁の必需品だ」

陽菜は戸惑いの顔を大智に向けた。

「だって、まだ結婚式の日取りも場所も決めてないのに――まさか、もう決まってるの？」

「いや、それはおいおいに」

「そういうもの!?」

「いいからいいから」

歓迎を受けて入店した陽菜は、三人のスタッフに囲まれて、まずはサイズを測られた。

「理想的なプロポーション！　これならどんなドレスも映えますよ」

「デコルテを出したスタイルは依然として人気ですが、お式は教会でしょうか？　場所によっては露出を抑えたほうが」

大きなディスプレイに画像が映し出され、あれこれと説明されるが、陽菜は目が回ってしまってよくわからない。

店に入ってから、まるで存在を消してしまっている大智を、目線で探した。離れた場所のソファで、我関せずの体でコーヒーを飲んでいる。結婚指輪のときの張りきりようはなんだったのかと思うくらいだ。

「ねえ、大智はどう思う？」

口調よりも内心はよほど切羽詰まっていて、SOSを発信した。それでも察したらしく、ゆっくりと近づいてくる。

「口出しはしないつもりでいるから。きみが気に入ったものにするといいよ」

「で、でも、大智だって衣装を選ぶんでしょ？」

「うん、陽菜に合わせるから後でね」

陽菜は迷いに迷って、ブーケから想像を巡らせた。こんなブーケを持ちたいというイメージは漠然とあって、そこからドレスを思い描いていく。

花びらのように薄い布が重なって、風にふわりとなびくようなのがいい。その分、上半身はタイトにすっきりと、でも胸は悪目立ちさせたくない。

ポイントを絞って画像を目で追っていくと、一着のドレスに目が留まった。

試着室に移動して、ドレスを着せてもらう。フレンチスリーブ風のオフショルダーで、切り替えなしに腰まで身体に沿い、チュールレースを重ねたスカートが裾にいくほど広がっている。

「これでいい……気がします」

鏡の前で呟いた陽菜に、スタッフは大きく頷いた。

「とてもお似合いです」

「細かくサイズ調整しますので、本番ではもっとすてきですよ」

「新郎さまにご覧にいれますか？」

「あ、ええと――」

そのとき、ドアの向こうから声が聞こえた。

「そのときまで楽しみに取っておきます。彼女と並ぶにふさわしい衣裳《いしょう》を決めてもらえますか？」

スタッフとくすくす笑いながら、陽菜は着替えて大智のところに戻った。

「自分で決めなくていいの？」

「いいんだよ。なんでも着こなす自信があるから、心配ご無用」

「わあ、……まあ、そうかもね。じゃあ、私も楽しみに取っておこうかな」

大智は試着室に入り、ものの十数分で出てきた。だいじょうぶなのかと思ったけれど、付き添ったスタッフが興奮気味に、「とてもお似合いでした！　おふたりの結婚式に参列したくなるくらい！」と言っていたので心配はなさそうだ。

そして今さらなのだが、引き取り予定を聞いて、レンタルではなく買い取りだと気づき、車に乗ってから、ちょっとした言い合いになった。

「一度しか着ないのに、その後どうするの？」

「記念に取っておけばいいじゃないか」

「取っておくって、スペースも保管も大変だよ」

「じゃあ、結婚記念日のたびに着るか。いつまでも体型維持に励めそうだ」

今日も散財させてしまった、と陽菜が反省している横で、大智は運転しながら訊いてくる。

「小物はどうする？　ベールとかティアラとか？　なんだったら、さっきの指輪の店で、レンタルもしてるそうだけど」

それを聞いて、陽菜は震え上がった。レンタルといっても、それは本物のダイヤモンドや真珠でできた宝飾品だ。とてもではないけれど、気になって結婚式どころではなくなってしまう。

それに陽菜は、宝石のティアラよりも花冠をつけたい。

「花冠とブーケは自分で用意したいの。だめかな？」

大智はちらりと陽菜を見て微笑んだ。

「そう言うと思ってた。きっと似合うよ」


久しぶりに完全な二連休だった大智だが、週が明けるとやはり帰宅の遅い日が続いた。

この様子では、結婚式を挙げるのは当分先になりそうだ。

電話をくれた広希の話では、今、『サンダーソニア』と『ソード企画』の業務提携の話が出ているらしい。『ソード企画』が受注した広告のうち、ウェブＣＭを『サンダーソニア』が請け負う、というような感じだという。

共同で仕事をするほど距離が縮まったことに驚いたけれど、そこは大智も彼の父もビジネスとしてシビアに考えた結果なのだろう。それでも喜ばしいことに違いない。

とにかく陽菜は、頑張っている大智を精いっぱいサポートしたいと考えていたのだが――。

「えっ？　専門学校に？」

久しぶりに一緒に夕食を囲んだ席で、大智は陽菜にフラワーコーディネーターの専門学校入学を勧めてきた。

「自力で学費を貯めるっていう意思は、素晴らしいと思ってるよ、もちろん。実際にそのために動いてるしね」

甘辛い味付けの牛肉やキムチ、ナムル、温泉卵などを載せた冷やしうどんを頬張りながら、大智は頷いた。

「でも、時間がもったいないだろう。俺はきみに家事メインの妻を望んでるわけじゃないし、むしろ夢を実現してほしいと思ってる。今はいいタイミングなんじゃないか？」

「それは……たしかにバイトも時間の余裕を持たせてるけど。ていうか、時間はやりくりするものだと思ってるから」

「それなら、バイトの時間を調整すれば、余裕で通えるんじゃないか？　お、これ美味いな」

刺身用のホタテを調味液に漬け込み、柚子胡椒《ゆずこしょう》を添えた箸休めは、大智のお気に召したようだ。

「そう言ってくれるのは嬉しいけど……この状況がいつまでも続くとは限らないでしょう？」

大智は咀嚼《そしゃく》しながら、目で聞き返した。

「たとえば……妊娠するとか」

過日の行為は予想どおり空振りで、その後は避妊を欠かさない大智だけれど、結婚したら子どもを望むのではないだろうか。陽菜もいずれは欲しいと思っているし、それは個人的な夢よりも優先するべきことだろう。

大智はふっと笑った。

「そのときはそのときで、また考えればいい。専門学校でも子育てでも、俺は全面的に協力するつもりだよ」

「でも大智は仕事が忙しいでしょ。それに私だって、大智には仕事を頑張ってほしいと思ってるから――」

「時間はやりくりするものだって言ったのは陽菜じゃないか」

「う……夢を叶えた大智に協力して支えるのが私の務めなのに、それじゃ逆になっちゃう。私の夢は、実現するかどうかもわからないのに」

「するよ、きっと。俺がついてる」

そう言われて微笑まれると、そんなふうに思えてくるから不思議だ。大智は陽菜に自信をくれる。

「ありがとう。じゃあ、行かせてもらってもいい？」

「うん、頑張って。言うまでもないことだけど、優先順位を間違えないように。バイトは無理するなよ」

「それじゃ学費が払えなくなっちゃう」

「なんのために俺がいるんだ？　どうしても自分でやりたいって言うなら、出世払いでいいからさ」

おどける大智に、陽菜は恐縮して頭を下げた。

「よろしくお願いします。してもらってばかりの妻でごめんなさい」

「なに言ってるんだよ。俺はね、陽菜が俺のことを好きで結婚してくれるだけで、一生分の幸せをもらった気分なんだ」

自分はそんなたいそうなものじゃないと思うけれど、大智の表情は本気で嬉しそうで満足そうに見える。

「そのきみが、俺との生活のことを考えてくれて、子どものことまで視野に入れてくれてるなんて、なにをしても返しきれないと思ってるよ」

「そんなことない。それは私のほうだよ。大智と結婚できるなんて、ずっと一緒にいられるなんて……幸せすぎて怖いくらい」

陽菜がテーブルの上に手を伸ばすと、大智が握ってくれた。

「最近の陽菜は、思ってることをちゃんと言葉にしてくれるな。嬉しいよ。そしてもっときみを大事にしたくなる」

「私も嬉しい。大智……攫ってくれてありがとう」

久しぶりに叔母の店に行って、花を活けながら専門学校へ行くことになったと報告した。

「あらー、よかったじゃない。理解ある旦那さまね」

「うん、申しわけないくらい」

陽菜はグラジオラスの花先を見上げながら、バランスを見てグリーンを挿していく。

「いいのよ。きっと太刀川さんにしてみれば、はるちゃんが一緒にいてくれるだけで幸せなんだから」

実際に大智に似たような言葉を言われたので、陽菜はどきりとしつつも照れた。

「ちょっと——いいですか？」

そこに音もなく板長の橋田がやってきて、陽菜は目を瞬いた。仕込み中に橋田が板場から出てくるなんて、珍しいこともあるものだ。

「あ、はい。ごめんなさい、うるさかった？」

「いや——」

橋田は首を振ってから、前掛けで両手を拭った。

「実はお話ししたいことがあります」

いつになく表情が硬い橋田に、陽菜は惚気《のろけ》気分も吹き飛んで、手を止めて向き直った。

なんだろう、橋田が陽菜に話だなんて。まさかこの店を辞めたいとか言い出すのでは——しかしそれなら叔母に話すのが先だと思い直していると、その叔母がいつの間にか橋田の隣に移動していた。

「実は……恵さんとおつきあいさせてもらってます」

「……はい？　えっ？　そうなんですか⁉」

目を瞠る陽菜に、橋田は大失敗でもしでかしたかのように肩をすぼめ、一方の叔母はけろりとしている。

「やあねえ、そんなに驚くこと？　私だって女ざかりなんですけど」

「そ、そりゃあ叔母さんはきれいだし、仕事も頑張ってるし、すてきな女性で見習いたいと思ってるよ。ただ急でびっくりしただけ。そうなんですか。それは安心だし、嬉しいです。どうぞよろしくお願いします」

陽菜が頭を下げると、橋田はそれ以上に深く一礼する。

「店が苦しいときも、一緒に頑張ってくれたから……これからもそうやっていきたいなって思って」

籍を入れることは考えていないようだが、叔母のそばに誰かがいてくれることは心強い。それが実直な橋田ならなによりだ。

8

その後も大智は仕事に忙しく――いや、これまでにも増して帰りが遅く、休日返上の日が続いた。

しかし大智自身は忙しさを楽しんでいるように、生き生きと充実した表情で過ごしていたので、陽菜はせめて体調を崩さないことを祈り、自宅でくつろげるように環境を整えることに努めた。

陽菜もまたフラワーショップのアルバイトは辞めて、『サンダーソニア』のオフィスの仕事だけ時間を調整して、専門学校に通い始めた。今のところは講義も実技もすでに習得していることがほとんどで、余裕を持っていられるが、次第に変わっていくのは間違いない。

合間を縫って篠原や太刀川夫人とお茶をしたりしているけれど、忙しくなってもできるだけこんな時間を作りたいものだ。

午後の一コマ目まで終えて専門学校から帰宅すると、突然、大智から連絡があり、今から帰ると知らされた。

こんな時間に？　どうしよう、きっと具合が悪くなったんだ。大智、頑張りすぎだよ。

しかし早引けするほど不調なら、帰ってくるより病院に行ってほしい。とにかく様子を訊いて、必要があれば病院へ付き添おうと、陽菜は出かけられる用意をして大智を待った。

連絡からほどなくして帰ってきたのは、オフィスにいたからだろうか。

「だいじょうぶ？」

玄関に迎えに出た陽菜が見た大智は、朝と変わらないように見えた。

「お、そのまま出られそうだな。じゃあ行こうか」

「行くって、何科へ？」

「何科ってなにか？　あ、シャレじゃないぞ」

それには答えず、陽菜は訊いた。

「具合が悪いんじゃないの？　早引けなんて」

大智は笑って首を振った。

「違う違う。墓参りに行こうと思って」

「お墓って――」

「陽菜のご両親に挨拶がまだだろう？　遅くなったけど」

「あ……」

大智が運転する車で、都下にある霊園へ向かった。

「位牌も叔母さんのところにあるんだろう？　前から気になってたんだ。こっちに持ってくるつもりはないのか？」

「気にかけてくれてたんだ……ありがとう。いずれはって考えてる。大智がかまわなければ、だけど」

「陽菜の親なんだから、いいに決まってるだろう。仏壇も用意するか？」

当たり前のことのように言われて、陽菜は慌てた。

「ううん、ちょっとしたスペースを空けてもらえればいいの。じゃまにならないところに」

「そんなわけにはいかない。まあ、それはおいおい相談しよう。引っ越しも考えてるし」

「そうなの？　会社に近いほうがいいんじゃない？」

忙しい大智には、通勤にかかる時間も重要だろう。

「んー、でも早めに引っ越したほうがいい。きみの作業スペースとか、それこそ子ども部屋とか。広尾《ひろお》に土地があるから、そこでよければ」

上物を建てるということだろうか。なんだかすごい話になってきた。

霊園に着き、墓を清めて花と線香を手向けてから、大智は一礼した。

「太刀川大智と申します。陽菜さんと結婚させていただきたく、ご挨拶に伺いました」

まるで実際に両親を目の前にしているように声を出す。その姿に、陽菜は胸が詰まるような嬉しさを感じた。

「大切なお嬢さんを、私のような若輩者に託すのはご心配かもしれませんが、一生をかけて陽菜さんを幸せにしますので見守ってください」

「大智……ありがとう」

そっと寄り添った陽菜の口からも、自然に言葉が溢れた。

「お父さん、お母さん、私幸せだよ」

ヒグラシの声が降り注ぐ中、しばらく佇《たたず》んでいたが、ふいに大智が口を開いた。

「つきましては明日、結婚式を挙げますので、そのご報告もしておきます」

「……え？　ええっ⁉」

温かくもしんみりした気分に浸っていた陽菜は、墓地にいることも忘れて声を上げ、隣の大智を見上げた。

「明日？　嘘でしょう⁉　準備が……」

「そう言うと思って、今伝えたんだよ。準備は全部できてるだろう？」

それは、ウェディングドレスや結婚指輪のことを言っているのだろうか。たしかに最重要アイテムかもしれないけれど、他にもいろいろと用意しなければならないものがあるはずだ。たとえばブーケとか。陽菜が自ら用意しようと考えているのを、大智も承知しているはずなのに。

サプライズが好きなのは知ってたけど、これはやりすぎじゃない？　どうしたらいいの……。

混乱しながら霊園を出て車に乗り込んだ陽菜は、ちらりと大智を見た。

思えば結婚式や入籍を急かすような言動もしてしまったから、大智なりに計画を練ってくれたのだろう。それはとてもありがたいことだ。

「気が進まない？」

陽菜の様子を見て、大智は訊いてきた。

「ううん、結婚式ができるのは嬉しい。ただ急で、頭がいっぱい。今夜は寝られないんじゃないかな。あ、でもそれじゃお肌の調子が……」

「陽菜はいつだってきれいだよ。知らせるのが遅くなったのは、すまない。俺も準備が間に合うようにぎりぎりまで調整してて、はっきり決められたのは数日前なんだ」

それも大智らしくないなと思う。どちらかというと、綿密に計画を立てて、根回しも欠かさないタイプだと思っていた。

「あっ！　ご両親は？　こんな急で予定が合うの？　うちの叔母さんだって、出られるかどうか……場所はどこ？」

スマートフォンを取り出した陽菜を、大智は片手で制した。

「いや、今回はふたりきりってことで」

「は？　いいの、それで？　ていうか、今回はってなに？」

落ち着けというように手を叩かれる。

「もともとそのつもりでいたんだ。予定外に親父たちとの関係が近くなったから、まあ出席してもらうことになるかなって。きみの叔母さんも、ウェディングドレス姿を見たいだろうしね。だから人を呼んでの結婚式っていうか披露式は、後日改めてやろうと思ってる」

予想もしなかった計画を聞かされて、陽菜は呆然とする。世の中には、双方の地元でそれぞれとか、海外と国内でとか、複数回の式を挙げることもあるそうだから、それでもいいのかもしれないけれど、まさか自分がそうなるとは思ってもみなかった。

「だから陽菜手作りのブーケと花冠は、そのときってことでいいかな？」

あ、ちゃんと憶えててくれたんだ……。

忘れていなかっただけでなく、予定として考えていてくれたことに、陽菜はほっとする。

「でも、明日はどうしよう？　ヘアメイクさんに準備してもらうの間に合うかな？」

「そっちは頼んである。ドレスの画像と一緒に、ブーケと花冠をリクエストしておいた」

やはり大智は抜かりない。その彼が、なぜ突発的な結婚式を敢行しようとしているのかが不思議だけれど、忙しい中をセッティングしてくれたのだから、陽菜も喜んで明日に臨もう。

そう決めて、はっとした。

「休んでだいじょうぶなの？　仕事忙しいのに」

すると大智は陽菜の手を握った。

「明日からの休暇をもぎ取るために、仕事を片づけてたんだよ」

「えっ、そうだったの……」

「立ち上げ当初ならともかく、今は軌道に乗ってるから、代表の仕事なんてそう詰まってないけどね」

その言葉に陽菜は頷いたものの、大智は同居してからほどなく、ずっと忙しそうだったように思う。

なんでもバリバリこなす人だから、忙しいっていう感覚がふつうの人と違うのかな。


挙式の場所は、軽井沢にある小さな教会だという。

『こんなところで結婚式を挙げてみたい、って言ってたじゃないか』

まさか大智が憶えていたなんて。学生時代のデート中、カフェで流れていた映像に映し出されていたのがその教会で、フラワーシャワーを浴びる新郎新婦の姿が、遠目にも幸せそうに見えたのだ。

『……憶えてたんだ』

陽菜がただ一度つぶやいたことを、大智が記憶にとどめていて、実現しようとしてくれたことに、陽菜は感動を覚えた。

『あんなふうに憧れ全開の顔を見たら、実現しようって思うだろう。あのころ俺はもう、結婚するなら陽菜だって決めてたから。君に振られる前、海外旅行に誘っただろ。実はそこでプロポーズする予定だったんだ』

あのときの旅行には、大智のそんな計画があったのか。それも知らずにすべてを壊してしまったなんて――。

サプライズ好きなんて言葉で片づけようとしたことを、陽菜は反省した。自己満足なんかじゃ全然ない。大智は陽菜のことを第一に考えてくれている。

早朝、マンションを出て車に乗り込んだ。用意周到な大智は、結婚式計画にゴーサインを出したと同時に、陽菜が気づかないうちにドレスその他を現地へ送ったらしい。荷物は身の回りの小物を詰め込んだキャリーケースひとつだけだ。

「二時間くらいかな？　混んでないといいね」

「うん？　ああ……」

曖昧な返事がちょっと気になったけれど、今日一日のことを考えて、大智もいろいろとスケジュールを頭の中で確認しているのかもしれない。

それにしてもだいじょうぶかな？　運転させちゃって。私も運転するようになれば、交代できるよね。

免許証はあるけれど、一度も運転したことがないペーパードライバーだ。都内にいると、移動時間も読めてパーキングを探す必要もないから、電車のほうが断然楽なのだ。それ以前に、自分の運転技術が信用ならない。

助手席に座る以上は、せめてナビゲーションを務めたいと思うのだが、そんな必要もないほど大智は道を熟知している。

となると、眠気防止にひたすら話しかけるくらいしか役に立たない。が、昨夜はこまごまとした荷物を揃えたり、なにより結婚式という興奮と緊張で、睡眠時間が不足していた。

何度かうとうとしかけて、はっと目を瞠る。

「ここ、どこ……？　関越《かんえつ》に乗るんじゃないの？」

「お、よく知ってるな。もうすぐ着くよ」

「着くって、どこに？　軽井沢じゃないでしょ？」

車は広いゲートを通り抜け、巨大な倉庫のような建物の横を進んだ。

「飛行場だよ。軽飛行機とかヘリとかの」

駐車場に停めた車のフロントガラスに、今飛び立ったばかりと思しきヘリコプターの機影が映った。

車を降りた陽菜が遠ざかるヘリコプターを見送っていると、大智に肩を叩かれた。

「飛行機で軽井沢へ行こう」

結婚式の現地乗り込みが軽飛行機だなんて、これもサプライズの一環だろうか。高所からの景色が好きな陽菜を喜ばせるために。

「すてき！　楽しみ」

遊覧飛行なども行われているらしく、オフィスビルは待合スペースで過ごすグループや、離着陸を見学する客などで賑《にぎ》わっていた。

陽菜をソファに座らせて、大智はカウンターで書類を書いているようだ。

飛行機かあ……久しぶりっていうか、大智と旅行して以来じゃない？

ちなみに陽菜はパスポートも持っていないのだけれど、今日は必要ない。新婚旅行は海外かもしれないから、取得のスケジュールも頭に入れておかなくては。

そんなことを考えていると大智に呼ばれて、一緒にビルの外へ出た。直接滑走路まで歩いていくのは、こういう飛行場ならではだろう。

大型旅客機は待合室と航空機の出入り口が通路で繋がっているので、自分が乗る飛行機を実際に目にすることはない。

陽菜の目の前に、これから搭乗する軽飛行機があった。全長十メートルにも満たない機体は、おもちゃのように可愛らしく、これで本当に空を飛べるのかと思ってしまう。

サングラスをかけた飛行場スタッフに促されて、陽菜は後部席に座った。機内はスペースも内装も車とあまり変わらない。

シートベルトを装着して周囲を見回していると、大智が長身を屈めるようにして乗り込んできた。笑顔で迎えた陽菜の隣に座らず、なんと前方のコックピットに着席する。

「ええっ、そっち？　いいなー、私も座りたい」

思わずそう言うと、大智は困ったような顔で振り返った。

「いや、俺は操縦するから」

「は？　大智が⁉　できるの？」

ついそんな言葉が口を突いて出たけれど、大智ならできても不思議はない気もする。しかし、そんな話は聞いたことがない。

大智は陽菜をじっと見て微笑んだ。

「お父さんが操縦する飛行機に乗せてもらう約束だったんだろう？　その夢を俺が引き継いで叶えるよ。そのために免許を取ったんだ。結婚式にこれで連れていきたくて。そのせいで待たせてしまってごめん」

えっ……。

陽菜は目を見開いて大智を見つめた。

そんな思い出を語ったのは憶えている。再会し、攫われたホテルの高層階で、都心の夜景を見ながら打ち明けたのだったか。

陽菜としては話の流れで言っただけで、それを叶えてほしいなんて言わなかったし、そんなそぶりも見せなかったはずだ。

それなのに……私のために？

じわりと心に染みてくるものがあって、それが涙となって溢れた。大智はどこまで私を愛してくれているのだろう。この気持ちを、一度でも疑ったことがあったなんて――。

「陽菜……！　どうした？　やっぱり俺の操縦じゃ、怖くて乗りたくないか？」

天井や座席にぶつかりながら、大智は転がるように陽菜に近づいた。その気づかいに、さらに嗚咽が洩れそうになるのを、陽菜は呑み込んでかぶりを振る。

「違う、嬉しくて……ありがとう、思ってもみないサプライズだよ。免許取るの、大変だったでしょう？」

父は休日を利用して教習に通っていたが、年単位の時間がかかると聞いていた。

大智は陽菜の涙を拭って、苦笑を浮かべる。

「できるだけ早く取りたくて、空いてる時間を全部費やした。キャンセル待ちまでしてね。幸い篠原の知り合いがここのエンジニアで、いろいろ便宜を図ってくれたんだ。都合がつけられた日は仕事帰りにも教習に来たし、休日に仕事に行くと言って来たりしてた」

そこまでしてくれていたと知って、胸が詰まった。それに大智の放った単語であることに思い至った。

篠原さん……エンジニア……それって──。

陽菜は目を瞠って大智の手を握った。

「それって、篠原さんのご主人じゃない？」

「えっ、そうなのか？　そんな話、ひと言も──ていうか、どうして知ってるんだ？　だいたい彼氏じゃなくて旦那なのか？　結婚の届は出てないぞ」

大智も寝耳に水だったらしく、陽菜を質問攻めにする。

「最近仲よくしてもらってて、ときどきお茶してるの。それで、もう同棲はしてて、結婚式の費用を彼氏が貯めてるって」

「木内さんが篠原と……」

「あーっ、それ！　いずれ木内紗羽になるんだって、篠原さん言ってた」

「うわ、マジかー……うん、世話になったし、後でお祝いしないとな」

なんだか話が飛んでしまったけれど、飛行場スタッフに離陸を急かされて、大智はコックピットに戻りながらサングラスをかけた。今日はラフなシャツに細身のカーゴパンツという格好だが、それだけで一気にパイロット感が増す。

「陽菜もそこのヘッドセットつけて。音がうるさくても会話ができる」

準備が整うとエンジンが稼働し、やがて軽飛行機はゆっくりと旋回して、滑走路を進んだ。ぐんぐんと加速し、ふわりと機体が浮く。

わあ……！

機体が小さい分、飛行を体感する。もう感動と興奮で叫びたいくらいだけれど、上昇中の飛行機を操縦する大智は無線のやり取りや操作に集中しているので、我慢して窓の外を覗いた。街並みがどんどん小さくなっていって、その分広範囲が見渡せる。もうスカイツリーやレインボーブリッジまで見えた。

「これから一時間弱ってところだよ。時間的には車で行くのと大差ないかな」

そう言う大智の声をヘッドセット越しに聞きながら、陽菜は「ううん」とかぶりを振った。

「この景色は、車じゃ絶対見られないよ。大智、ありがとう。私、一生忘れない」

「喜んでもらえて嬉しいよ。これからもいろんな景色をふたりで見よう」


ベージュピンクのバラをメインに、レースフラワーとたっぷりのグリーンで作られた花冠は、牧歌的なチャペルでの挙式にぴったりだった。ブーケも同じ素材のキャスケードタイプで、溢れんばかりの生花が瑞々しい。

陽菜はカールさせた髪を緩く結い上げてもらい、花冠をセットした。

「わ、いい香り……」

「いいですよね。晴れの日を五感で楽しんでいただきたくて」

「とてもお似合いです」

「ありがとうございます」

チャペルに隣接した建物の中で支度をしていたのだが、窓の外は緑豊かな庭園で、早くも秋の花々が咲き乱れていた。

「新郎さまがお待ちかねですが、お仕度はいかがでしょうか？」

挙式のコーディネーターが顔を覗かせたので、陽菜は「今、行きます」と答えてブーケを手にした。

どうかな……気に入ってくれるかな……。

陽菜は緊張と胸の高鳴りを感じながら、通路を進んだ。

参列者の待合室にもなるロビーは、今日は人気がない。テラスに通じる窓辺に、すらりとした長身のシルエットが佇んでいる。

気配に気づいたらしく振り返った大智に、陽菜の目は釘付けになった。

なんてすてきなの……。

ベージュのタキシードはほんのりとピンクがかっていて、花嫁のブーケと花冠のバラと色を合わせたのだと、すぐに気づいた。ネクタイも同色で統一し、ウエストコートと靴だけが明るい焦げ茶だ。

スーツ姿を見慣れているはずなのに、こんなに雰囲気が変わるものなのか。

まるで王子さまみたい……この人が私の夫になるなんて。

「大智、すてき。すごく似合う」

それまで身動きもせずに陽菜を見つめていた大智は、はっとしたように目を瞬いた。

「きみも――いや、俺なんかどうでもいい。きみは最高だ。この女性が俺の妻になるんだと、見惚れてた」

それを聞いて、陽菜はふふふと笑う。

「私もそう思ってたとこ。王子さまみたいだな、って」

「もちろん俺だって、お姫さまみたいだと思った」

傍から見たら、なにを褒め合っているのかと思われるだろうけれど、今日は自分たちが主役だ、これくらいは温かく見守ってほしい。

それに陽菜は、思ったことは大智に伝えると決めたのだ。ひとりで考えていても、なんにもならないと思い知ったから。

褒め言葉なら、なおさら惜しむものではないだろう。これまでの大智がそうだったように、人を喜ばせこそすれ、嫌な気持ちにはしない。

大智はいそいそとスマートフォンを取り出すと、陽菜と並んで腕を伸ばし、ツーショットを撮った。

「さっきから広希がうるさくてな。足が震えてないかとか、キスは触れるだけだと忘れるなとか……あいつ、ちゃんと仕事してるのか。送って羨ましがらせてやる」

「あ、ご両親と叔母さんにもお願い」

『サンダー』を起動して画像を送信しかけた大智の手が止まった。くるりと陽菜に振り向いて、真剣な表情になる。陽菜も思わず固唾を呑んで見つめ返す。

「自慢したい気持ちはすごくあるんだ。身内のSNSなんかじゃなくて、いっそ自社HPのトップページにでもアップしたいくらい」

「いや、それは……え？　冗談でしょ？」

陽菜の支度になにかまずいところがあって気づいた、などということでなくてほっとしたのも束の間、HP云々《うんぬん》の言葉に焦る。大智の目つきが怪しげで、本当に実行されてはたまらないと、陽菜はスマートフォンに手を伸ばした。

しかし大智はそれを握りしめたまま、苦悩するように身を丸めた。

「見せびらかして自慢したい。でも、他人に見せるのも惜しい。ああ、どうしたらいいんだ」

陽菜は思わず脱力する。気づけば先ほどまでの緊張など、どこかへ行ってしまっていた。

「大智、お芝居は下手だね」

「聞き捨てならないことを。戦隊ヒーローになりきって、二階から飛んだ男だぞ」

キッと顔を上げてそう返してきた大智だが、すでに口元が緩んでいる。背筋を伸ばして、胸元に挿したベージュピンクのバラのブートニアの位置を直すと、陽菜の両肩に手を添えた。

「そう思ってるのは本当だ。でも今は幸せいっぱいで寛容になってるから、画像くらいは送ってやる。後でな」

先に写真撮影をするので、チャペルの前や中、他にも庭園でポーズをとった。

「ずいぶんたくさん撮るんだね」

「できるだけ多く撮ってもらおう。日めくりカレンダーが作れるくらい」

笑わせられて、花嫁にあるまじき表情もあったような気がするけれど、たぶんそれが今の陽菜なのだと思う。

大智と再会して、もっと好きになって、離れたくないと必死になった。大智の心が自分にあると知って、幸せな未来に胸をときめかせている。

きっと、これからずっと笑顔のままだ。

時刻がきて、陽菜と大智はチャペルのドアの前に並んだ。

焦げ茶色の古木の梁《はり》と、漆喰の壁。シンプルなステンドグラスから、温かな光が差し込む。

オルガンの音が響き、静々と前に進む。前方には柔和な表情の牧師が待っていた。

参列席には誰もいないけれど、みんなに祝福されていると知っている。

それに今日の式は、陽菜と大智の誓いの場だ。だから、これでいい。

牧師の言葉を聞くうちに、消えたと思っていた緊張が徐々に高まってきた。自分の心臓の音が、チャペルの中に響いてしまっているような気がして、さらに焦る。

そのとき、ふっと背中に温かみを感じた。大智が手を添えてくれている。

そうだ。自分にはいつだって大智がいる。それだけで、なんだってできそうな気がしてくる。

誓いの言葉を順に口にして、感動がピークに達した。肌が粟立《あわだ》つくらい胸が震える。鼻の奥がつんとしたけれど、涙は出なかった。それより先に、微笑んでいたからかもしれない。

大智には笑顔を見せたい。特に今は、こんなに幸せなのだと伝えたい。

向かい合って、陽菜は最愛の人を見上げた。

「これからもずっと一緒だ」

そう囁いた唇がそっと近づいてきて、陽菜は目を閉じた。

あとがき

こんにちは、浅見茉莉《あさみまり》です。この本をお手に取ってくださり、ありがとうございます。

今回のヒロインはフラワーコーディネーターを目指す、高所からの眺望好きです。ひとつ目はともかく、高所からの眺望好きってなんなの、という感じですが。

私自身は特に好きというわけでも、高所恐怖症でもないと思いますが、身近な高所で足場が悪いとちょっと腰が引けますね。少し前に諸事情で梯子《はしご》をかけて屋根に上りましたが、立ち上がるのが怖かったです。

軽飛行機は一度だけ乗ったことがあって、景色よりも音と振動がすごかったという印象が残っています（笑）

花を扱う職業のキャラを出すのは多いほうかもしれません。仕事を調べているうちにだんだんズレていって、思いがけない職業を知ったり、そんな仕事をするキャラが書きたいと思うこともあります。今回もちょっと変わった仕事を見つけましたが、果たしてそれを使える日は来るのでしょうか。

ヒーローは一歩間違ったらヤバい人になりそうな、執念深さを感じますねー。サプライズ的な行動が多いのも、私的にはあまり……と、否定的な意見ばかりになってしまいましたが、たぶんまだ若いせいもあるかと。そう、珍しく二十代のヒーローなんです。その年ごろの男子なんて少年と大差なく、ある意味自分の気持ちにまっすぐなのではないかと苦しいフォローをしておきます。

攫う、というのが今回のテーマでした。思い返すと過去の作品でもそういうシチュエーションはあって、自分の好みなんだなと改めて気づきました。

もちろんヒロインの同意が大前提というか、幸せのために攫われてほしいです。ヒロイン自身が現状を変えるのを不可能だと思っている、あるいは枷に囚われているのを、ヒーローには華麗に解放してほしいですね。

ヒーローとヒロインを取り巻くキャラも、楽しく書かせていただきました。お気に入りはヒーローの弟くんかな。爽やかな正統派。でもあのヒーローの弟だし、とばっちりで人生を振り回された感もあるので、見えないところで屈折しているのかもしれません。あ、表向き好青年なのに腹に一物《いちもつ》を抱えてるタイプって好きだわ。

鈴倉温《すずくらはる》先生には、美人でナイスバディなヒロインとイケメンなヒーローを描いていただきました。ありがとうございます！

担当さんを始めとして制作に関わってくださった方々にもお礼申し上げます。

お読みくださった皆さんもありがとうございました。少しでも楽しんでいただければ嬉しいです。

それではまた、次の作品でお会いできますように。

ルネッタ Ⓛ ブックス

オトナの恋がしたくなる♥

語彙がなくなるほど――君が好き

魔性の男は（ヒロイン限定の）変態ストーカー♥

ISBN978-4-596-77452-1　定価1200円＋税

幼なじみの顔が良すぎて大変です。
執愛ストーカーに捕らわれました

SUBARU KAYANO

栢野すばる

カバーイラスト／唯奈

俺たちがセックスしてるなんて夢みたいだね 平凡女子の明里は、ケンカ別れをしていた幼なじみの光と七年ぶりに再会。幼い頃から老若男女を魅了する光の魔性は健在で、明里はドキドキしっぱなし。そんな光から思いがけない告白を受け、お付き合いすることに。昼も夜も一途に溺愛され、光への想いを自覚する明里だけど、輝くばかりの美貌と才能を持つ彼の隣に並び立つには、自信が足りなくて…!?

ルネッタ Ⓛ ブックス

御曹司は空白の５年分も溺愛したい

～結婚を目前に元彼に攫われました～

2024年3月25日　第１刷発行 定価はカバーに表示してあります

著　者　浅見茉莉　©MARI ASAMI 2024
発行人　鈴木幸辰
発行所　株式会社ハーパーコリンズ・ジャパン
東京都千代田区大手町 1-5-1
04-2951-2000（注文）
0570-008091　（読者サービス係）

印刷・製本　中央精版印刷株式会社

ISBN978-4-596-53979-3

※この作品はフィクションであり、実在の人物・団体・事件等とは関係ありません。